NE VOIS-TU PAS QUE JE BRÛLE

DU MÊME AUTEUR

L'Un pour l'autre, Galilée, 1999 ; Folio, 2001

Lettre d'une amoureuse morte, Flammarion, 2000 ; Folio, 2002

Les Fleurs du silence, Flammarion, 2001 ; Folio, 2004

L'Ange de la dernière heure, Flammarion, 2002 ; Folio, 2005

Lumière invisible à mes yeux, Éditions Léo Scheer, 2003

Le Rêve de Balthus, Fayard-Léo Scheer, 2004 ; Folio, 2007

Le Cercle de Megiddo, Éditions Léo Scheer, 2005 ; Le Livre de Poche, 2007

L'Ombre des Autres, Éditions Léo Scheer, 2006

Suite de la bibliographie en fin de volume

www.leoscheer.fr

NATHALIE RHEIMS

NE VOIS-TU PAS QUE JE BRÛLE

roman

Éditions Léo Scheer

À Stéphanie

Les premiers souvenirs que je garde de mon enfance se déroulent dans une vaste pièce. Un grand tableau était accroché au mur, il représentait une paysanne caressant une chèvre. Dans ce bureau immense, on pouvait voir des enfilades de bibliothèques remplies de livres anciens.

Il y avait un canapé de velours rouge avec des coussins vert tilleul délavés et des tas d'objets posés un peu partout, des statuettes d'Afrique ou de Colombie. Derrière une large table de travail, surchargé de brochures, de revues et de dossiers, trônait un chat en bronze, se tenant debout sur ses pattes arrière, un plateau entre les mains. Il en existait un, identique, dans l'appartement familial.

L'homme qui occupait ce lieu exerçait le métier de psychanalyste. Nous avions rendez-vous chaque semaine, tous les jeudis après-midi. Plusieurs années plus tard, alors que j'avais enfin osé lui demander d'où venait ce chat, il m'avait répondu que c'était un cadeau de ma mère. Je lui avais dit qu'il avait de la chance.

Il s'était contenté de répondre :

« Oui, en effet. »

Deux fauteuils en cuir noir encastrés de bois, dans lesquels on s'asseyait très profondément, se faisaient face. Au milieu du fatras, trônait un tourniquet rempli de pipes en bois aux formes et aux teintes variées.

D'autres dossiers s'empilaient pêle-mêle, sur les meubles et par terre, mais mon attention était concentrée sur un chevalet en acier, qui soutenait des feuilles blanches de grand format et une réglette sur laquelle des feutres de couleur étaient disposés.

Lorsque, impressionnée par la situation, je cessais de regarder mes chaussures, et que je relevais la tête, il était toujours là, devant moi, et ses yeux de hibou me pénétraient. Son front ample n'effaçait pas la grande taille de ses oreilles, et mettait en valeur les traits de son visage, semblable à un paysage, faisant le récit de toutes sortes d'histoires, de ravins et de voyages.

Son regard posé sur moi est, sans aucun doute, ce qui m'a le plus marquée dans la longue histoire de nos tête-à-tête. Je sentais qu'il était traversé par des émotions et des sentiments contradictoires, ce qui me jetait toujours dans un trouble que je n'ai jamais ressenti avec aucun autre.

J'ai toujours été curieuse de l'infinie variété des sentiments. Pas deux histoires pareilles et, en même temps, on a l'impression que c'est chaque fois la même chose. Un frère, une sœur, un père, une mère, un ami, ça se ressemble dans la forme des sentiments, puisque c'est ce qu'on partage de plus intense au moment où on le vit.

Mais avec lui, c'était différent, je me disais même que c'était exceptionnel, qu'aucun lien n'y ressemblait. C'était fort, et, si j'osais le regarder, c'était comme dans une vitrine, lorsqu'on saisit son reflet au coin de la rue. Alors que j'aurais voulu l'observer comme on se contemple soi-même, dans un miroir.

Il restait silencieux durant de longues minutes, et cela ne me pesait pas, au contraire, j'avais confiance.

*

Pendant toutes ces années, je me suis posé beaucoup de questions sur le côté particulier de notre relation. Rien ne justifiait un tel attachement en apparence, et pourtant… Comment se faisait-il que je puisse aimer autant un homme que je n'étais pas censée connaître ?

Le silence qui régnait entre nous était ponctué par un bruit familier. Il faisait de légers clics en tapant sur le tabac de sa pipe, à l'aide d'un petit outil de métal. Ça formait un son aussi précis que celui d'un métronome.

Il allumait, tirait sur l'embout incandescent, et une fumée ensorcelante flottait à travers la pièce, au-dessus de nos têtes. J'aspirais à pleins poumons pour tenter d'inhaler, à mon tour, un peu de cette brume enivrante.

« Vous avez rêvé, cette semaine ?
— Oui, j'ai fait un cauchemar.
— Vous voulez bien me le dessiner ? »

Dans ces moments-là, tandis qu'il poursuivait son enquête sur ce qui pouvait me traverser l'esprit, il avait sur le visage une expression de gros matou perspicace.

Je me levais et m'approchais du tableau, puis, devant la feuille blanche, je choisissais un feutre rouge pour illustrer le rêve violent que j'avais fait la nuit précédente.

Je commençais alors à dessiner et je repassais plusieurs fois sur la ligne de couleur vive que j'avais choisie. Il guettait avec une attention soutenue le motif qui se formait sous mes doigts. Sans vraiment saisir le sens de nos échanges, je suivais l'impulsion de celui qui cherchait à me percer à jour.

Après les images, venaient les mots, qui défilaient comme à la parade. Avant même qu'ils deviennent les vecteurs de mes émotions, quand ils n'étaient encore que babillage, ils exprimaient quelque chose de moi qui semblait l'intriguer.

Mes silences, les dessins, les quelques mots que j'arrivais à prononcer, étaient autant de signes d'avant le langage que lui seul comprenait. Il savait les reformuler, comme si ce va-et-vient par la parole, ce passe-passe de jongleur était la source d'un langage inconnu des autres, qui n'appartenait qu'à nous.

*

Il en a été ainsi tout au long de ma vie, jusqu'à sa disparition. Depuis toute petite, il m'a suivie sans que cela me surprenne et sans qu'il y ait, entre nous, la moindre gêne. C'est tout de même étonnant que je n'aie jamais trouvé bizarre de me retrouver là, face à cet homme dont on m'avait dit si peu.

Notre relation me semblait naturelle. Pourtant, nous savions qu'autour de nous, personne ne pouvait la trouver « normale ». Rien ne justifiait que je me prête à ces séances de psychanalyse – du ressort de la verbalisation – avant même de savoir parler.

J'ai fini par comprendre que les bébés s'expriment très bien sans utiliser le moindre mot, mais seuls leurs parents, ou ceux qui en ont la charge, les comprennent. Comment se rendre intelligible pour un être qui n'était pas censé appartenir à mon cercle d'intimes ?

Notre dialogue continuait pourtant de se dérouler, tous les jeudis entre 16 heures et 17 heures, dans son cabinet, tandis que ses patients, fébriles, attendaient qu'il les invite, d'un léger hochement de tête, à le rejoindre dans son bureau.

Comment avons-nous réussi à établir un lien dans une situation aussi indéchiffrable ? Devais-je justement y voir la preuve d'un lien familial ? Un notaire aurait-il pu considérer que ces rendez-vous réguliers suffiraient à constituer un « acte de notoriété » ?

Un jour, bien plus tard, j'ai interrogé Lili, ma mère, sur les raisons pour lesquelles je devais rendre visite à cet homme chaque semaine. Elle m'avait répondu cette phrase totalement énigmatique pour l'enfant que j'étais :

« Parce qu'il t'a vue naître ! »

Dans l'un des premiers dessins dont je me souvienne, il y avait un père, une mère, une petite fille et une maison en feu. C'était un message que je lui adressais, par lequel je l'interrogeais, à ma façon, sur le mystère de notre relation.

Je voyais bien le contraste entre la violence qui se dégageait de mon dessin et l'extrême calme qui guidait ma main traçant les lignes de couleur criarde sur la page blanche. Devenir sage, c'était le but de toute ma vie. Mes silences n'étaient pas seulement liés au manque de mots pour exprimer mes sentiments et mes pensées, c'était aussi un choix, celui d'être sur la réserve.

Au fond, j'ai toujours été une enfant docile qui se délectait du simple plaisir d'obéir, du moins d'en observer la posture. Ainsi, j'aimais tout particulièrement attendre, demeurer suspendue dans l'espace et le temps, totalement immobile, comme pour l'éternité. Je restais assise des heures durant sur une chaise, à côté des adultes qui s'agitaient tout autour. Je n'envisageais de bouger que si on me demandait de faire quelque chose de précis, espérant le moment où je pourrais enfin exécuter l'ordre reçu, la mission à accomplir.

Cette obéissance extrême avait fini par devenir, chez moi, la source d'un épanouissement à nul autre pareil. Grâce à cette discipline, devaient s'effectuer dans mon cerveau toutes sortes de mélanges chimiques, qui reproduisaient la satisfaction ineffable d'une récompense tant désirée. Mais ce n'était pas du masochisme, au contraire, je ressentais, dans ma patience, une telle protection que je me suis convaincue très tôt qu'en étant à ce point discrète, rien ne pourrait jamais m'arriver. Surtout pas ce que je craignais par-dessus tout : l'abandon, la solitude, cette peur panique d'être délaissée par un de mes proches, dont je dépendais de façon existentielle.

*

Chez nous, il était interdit, comme pour tous les enfants – nous étions trois, ma sœur, mon frère et moi –, d'entrer dans le bureau de Maurice, notre père, sans avoir obtenu au préalable son autorisation.

À l'inverse, la porte de la chambre de ma mère était toujours entrouverte. J'avais toutes les raisons d'y venir, des tonnes de questions à lui poser, des centaines de mystères à élucider.

Je m'interrogeais, par exemple, sur son comportement à mon égard, et sa décision de me faire analyser si jeune. Il est vrai que la psychanalyse occupait une place centrale dans sa vie et celle de sa famille. Elle avait été suivie par une star de la profession, René Diatkine qui, bien qu'ayant été analysé par Jacques Lacan, était passé dans le camp adverse, au point de créer l'Association de santé mentale du 13e arrondissement de Paris, en 1958.

Dans ma famille maternelle, tout le monde était passé par la psychanalyse, en particulier avec Diatkine. Et Serge, celui qui cherchait à me cerner en me faisant raconter et dessiner mes cauchemars, était son camarade de route.

L'engagement de ma mère allait au-delà de son seul cas personnel, elle s'était totalement impliquée dans la structure de pédiatres et de pédopsychiatres que les deux célèbres médecins venaient de créer ensemble pour aider les enfants et les adolescents en détresse.

Je me suis quand même toujours demandé pourquoi elle consacrait autant de temps et d'énergie à ces enfants qui lui étaient étrangers, tandis qu'elle s'était débarrassée de moi en confiant la responsabilité de m'élever à une nurse. Par bonheur, cette dernière, Nannie, était la personne pour laquelle j'ai toujours ressenti le plus d'admiration et de respect. J'ai eu la chance d'être tombée entre de si bonnes mains.

En réalité, cette vieille manie de la bourgeoisie de déléguer l'éducation des enfants à des employés avait fini par devenir un atout dans ma vie. J'ai souvent remercié le ciel d'avoir tenu ma mère à l'écart de ce devoir. Elle aurait été incapable de me prodiguer autant d'amour et d'attention.

Je me doutais bien que quelque chose d'impérieux appelait ma mère à se rendre dans le 13ᵉ arrondissement, plutôt que de rester chez elle à s'occuper de ses propres enfants. Je suis née un an après la création de ce centre, en avril 1959. Mes rendez-vous hebdomadaires avec cet homme n'avaient donc rien d'étonnant.

Dans la guerre des clans qui faisait rage chez les psychanalystes, la figure de Lili était un paradoxe. D'après Diatkine, pour exercer cette profession, il fallait être au moins médecin ou, mieux, psychiatre. Du côté de Lacan, on préférait appliquer la doctrine opposée, illustrée par la célèbre phrase : « L'analyste ne s'autorise que de lui-même. »

Six ans avant ma naissance, en 1953, la scission au sein de la Société psychanalytique de Paris avait provoqué le départ des partisans de Lacan. Ce dernier est devenu l'ennemi personnel des membres du clan Diatkine, dont faisait partie mon chasseur de cauchemars.

Comment ma mère, qui n'avait aucune des formations requises, avait-elle pu être accréditée par eux, comme une professionnelle de la médecine ? S'agissait-il d'un passe-droit ? Y avait-il une raison supérieure ?

*

À peine arrivée à l'adolescence, je me demandais si, pour avoir accès aux hommes, à ces messieurs, il fallait toujours commencer par prendre rendez-vous. C'était d'abord le cas pour Maurice qui, même pour sa famille, n'était jamais accessible sans passer par sa secrétaire, Mme Charbonneau, sorte de gorgone nichée dans son bureau à l'entrée du couloir, qui protégeait « son » académicien.

En passant devant la porte toujours entrouverte, derrière laquelle on apercevait Mme Charbonneau, à l'affût du moindre mouvement, j'entendais la voix pompeuse et légèrement nasillarde de mon père qui s'échappait du dictaphone, hurlant et détachant chaque mot. Ce timbre semblait tout droit venu d'un XIXe siècle qui avait précédé ces machines, de larges magnétophones à cassette que la secrétaire manipulait, faisant avancer, stopper ou revenir en arrière la voix de son maître. Pour compléter la partition de cette musique concrète, je pouvais entendre ses doigts taper à toute allure, afin de coucher sur le papier les perles paternelles.

Maurice écrivait des romans et des récits sur l'art, mais surtout des essais sur la curiosité, son concept fétiche. Est-ce de lui que me vient l'envie dévorante de tout savoir sur les êtres humains quand je les rencontre ?

Lui ne s'intéressait guère à ses congénères, il n'y avait que les tableaux et les objets qui le fascinaient, pour cette raison qu'ils n'étaient pas prétextes à parler d'autre chose que de leur prix. Il fallait absolument rester en dehors des problèmes et des troubles qui pouvaient hanter l'âme humaine. Mon père les avait en horreur.

Seul moyen de lui tenir compagnie, très tôt, j'ai adopté le rituel de le suivre lorsqu'il courait les musées et se promenait dans les cimetières, le dimanche. Pas d'autre moyen de discuter avec lui sans que ma présence lui soit pesante. Et je devais évidemment parler le moins possible. Je tentais de retenir mes émotions, et forgeais mon œil avec avidité.

En dehors de ces parenthèses enchantées, j'étais obligée de demander à ladite secrétaire, avec ses cheveux roux, sa mise en plis et ses lunettes à double foyer, à quelle heure je pourrais parler à Maurice sans le déranger. Elle s'interrompait et, décrochant le combiné de son téléphone, demandait :

« À quelle heure votre fille, Nathalie, peut-elle venir vous voir ? »

La réponse qui suivait était toujours brève.

« À 19 heures », reprenait-elle d'un ton péremptoire et avec, me semble-t-il, une part de triomphe, celui de me signifier la supériorité de son statut sur ma petite personne.

Il n'était pourtant que midi. Heureusement qu'il n'y avait pas le feu. Ainsi, que ce soient mes rendez-vous militaires avec Maurice, ceux du jeudi après-midi avec Serge, ou bien encore avec le proviseur, des professeurs, le dentiste, ou avec n'importe quel homme, il fallait toujours prendre rendez-vous. Aucun n'avait que ça à faire, de me recevoir.

Je n'ai jamais rencontré deux hommes aux personnalités plus opposées que celles de Serge et Maurice. Durant des années, le soir dans mon lit, je m'amusais à découper leurs deux « profils » à l'aide de ciseaux imaginaires qui auraient eu le pouvoir de disséquer une mouche.

Ils avaient en commun d'être des « grands pontes », chacun faisant autorité dans son domaine. Après la guerre, Maurice s'était vu proposer de devenir ministre de la Culture par de Gaulle en personne. Il s'était offert le luxe de refuser ce poste prestigieux, ce qui lui avait valu cette apostrophe du général :

« Eh bien, Rheims, je vous laisse à votre coupable industrie. »

De son côté, Serge avait fait son analyse avec Sacha Nacht, devenu le patron tout-puissant de la Société psychanalytique de Paris, celle dont

Lacan démissionna en 1953, créant le grand schisme au sein de cette toute nouvelle profession car il considérait que les normes établies pour dire qui était ou ne pouvait pas être psychanalyste relevaient d'un abus de pouvoir. Serge était partie prenante de ce pouvoir.

*

Si je repense à Maurice, ce sont des souvenirs heureux qui remontent, même si, derrière l'apparente frivolité, je revois mon frère, Louis, en train de mourir, en 1988, des suites d'une terrible maladie. C'était bien plus tard, j'avais 30 ans.

J'ai cru que je n'arriverais jamais à surmonter le cataclysme que fut pour moi la mort de Louis. Je suis ensuite entrée en anorexie comme on entre dans les ordres.

Durant les dernières semaines de sa courte vie, j'allais chercher, à son domicile, un plat préparé par une cuisinière, afin qu'il essaie de se nourrir avec des aliments qu'il connaissait et appréciait. En arrivant autour de midi dans sa chambre de l'hôpital Laennec, je passais dire bonjour aux infirmières qui me donnaient des nouvelles et réchauffaient le plat que j'apportais, pour le mettre sur un plateau.

J'entrais dans sa chambre, sans bruit. Je le trouvais, la plupart du temps, assoupi, assommé par la morphine. Et je m'asseyais près de son lit. Il entrouvrait les yeux. Je lui murmurais : « Room service ».

Il me souriait. Son beau visage émacié, rendant son regard posé sur moi encore plus fiévreux, avait l'air de me dire :

« À quoi bon ? »

Je lui donnais quelques bouchées de nourriture, puis il murmurait :

« Fini ! J'ai pas faim. »

Le plus souvent, très peu de temps après, il me demandait de lui passer une petite bassine et, soulevant sa tête, vomissait. Je le regardais s'assoupir et, à mon tour, je me rendais aux toilettes, les doigts au fond de la gorge, je rendais tout. J'en sortais, parfois chancelante, m'asseyais sur un banc, dans le jardin de l'hôpital. Là, seulement, je pouvais me laisser aller à pleurer.

Je pleurais pour dix, pour cent, pour mille, pour la terre entière. Lorsque je m'étais vidée de tout, je rentrais chez moi et m'endormais, dévorée par les cauchemars que je racontais chaque jeudi à Serge. Ces cauchemars n'étaient pas une fantasmagorie puisque, par leur intermédiaire, je me « cognais » au « réel », pour paraphraser Lacan.

Il n'y avait pas de relation entre Serge et Louis. Ils restent pourtant liés dans mon esprit à cause de cette histoire de cauchemar que fait le jeune homme et que relate Lacan. C'est Louis dont j'entends le cri : « Ne vois-tu pas que je brûle ? » Curieusement, dans mon imagination, c'est à Serge que s'adresse ce cri. « Je brûle », cela veut dire je souffre, je m'éteins, je meurs.

Au moment de la mort de Louis, je pesais trente-neuf kilos. Je revois l'expression du visage de Serge. Il m'avait dit, presque en colère, après m'avoir fait monter sur la balance :

« Si vous avez encore perdu du poids la semaine prochaine, je vous hospitalise. »

Je sentais son regard posé sur moi, il avait la densité de la lave en fusion.

*

Quoi qu'il en soit, mes problèmes alimentaires avaient débuté dès ma naissance. Ma nurse – cette femme exceptionnelle dont je me suis occupée jusqu'à la fin de ses jours – aimait me raconter que, depuis toujours, j'avais rejeté la nourriture, à commencer par le lait.

Je suis d'ailleurs devenue allergique à tous les produits lactés. Jamais de beurre, pas de fromage, non, jamais de fromage, pas un aliment contenant quoi que ce soit qui rappelle le goût du lait. Je ne voulais rien avaler, à part quelques carottes avec des pommes de terre. Je n'ai jamais aimé manger.

En dehors de moi, qui venais le voir tous les jours à l'hôpital, et du cercle très restreint de ses intimes, Louis ne supportait pas la moindre visite. Soit les gens ne parvenaient pas à cacher leurs larmes, soit ils faisaient comme si de rien n'était, lui racontant leurs folles semaines pleines de succès, de bruit et de mondanités. Comment ne pas comprendre la colère qu'il pouvait éprouver devant les bien-vivants, sous toutes leurs formes.

Ce spectacle imprimait chaque jour sur son visage, un peu plus profondément, la mort à l'œuvre.

Maurice, enfermé dans son désespoir, bien qu'invisible, tentait de le distraire avec des anecdotes dont Louis avait été, autrefois, si friand. Mon père se protégeait, lui aussi, de cette horreur d'avoir à vivre, à l'âge de 80 ans, la mort de son seul fils, qui n'en avait que 33.

« Fais-les sortir… Tous. »

Louis baissait alors les paupières jusqu'à ce que tout le monde ait quitté sa chambre.

*

Durant cette terrible période, j'allais déverser mon désespoir, au troisième étage de la rue Casimir-Périer, dans le cabinet de Serge. C'était à défaut de pouvoir me confier à Maurice, qui restait sourd à ma douleur, tant était grande sa frayeur de ne pas lui-même y survivre. Perdre un frère est atroce, perdre un fils, il n'y a pas de mots.

Notre père ne savait pas comment affronter cette situation à laquelle, d'ailleurs, personne n'est préparé. Il faisait preuve, au pied du lit de son fils, d'une maladresse inhabituelle chez un être aussi flamboyant et qui n'avait jamais eu peur de rien. C'était choquant, mais peut-être se protégeait-il, à l'avance, contre l'effroi, en affichant devant son fils le bonheur indécent qu'il éprouvait de faire encore tout ce qui l'occupait à son âge. Il croyait sincèrement que cela pouvait soulager Louis de la tragédie dans laquelle il se débattait.

Cette souffrance me dépassait. Et je n'ai pu en prendre la mesure que lorsque j'ai découvert ce rêve que je viens de citer, celui décrit par Freud et repris par Lacan, dont est tirée la célèbre phrase : « Père, ne vois-tu pas que je brûle ? » Louis ne l'a pas prononcée, mais j'avais l'impression qu'il la hurlait à l'intérieur de lui. Face à l'injustice, celle de mourir trop jeune, dans ses reproches, j'entendais sa fureur d'enfant qui brûle. Ce cri de désespoir, sa terreur de la mort, s'adressait à tous ceux qui ne voulaient rien voir, qui faisaient semblant de ne rien entendre.

Dans l'interprétation de ce rêve, rapporté par une patiente de Freud, un père veille son fils qui vient de mourir, et, fatigué, s'installe dans la pièce à côté pour se reposer, et finit par s'endormir. Durant son sommeil, son fils, encore vivant, vient lui dire qu'il est en train de brûler et que son père ne le voit pas. Ces mots le réveillent brutalement, et il découvre que la pièce où repose son fils est la proie des flammes.

Je crois que c'est ma mère qui m'avait raconté ce rêve. *L'Interprétation du rêve* était son livre de chevet. Elle lisait ça comme on lirait un magazine féminin.

Cette période dans la vie de Freud a été particulièrement riche, il s'agit de la publication de son premier livre, un ouvrage considéré comme étant le fondement de la psychanalyse, qui permet de comprendre les enjeux de cette invention, de cette révolution dans la pensée.

Le jeune Sigmund Freud, comme toute sa fratrie, a connu de graves problèmes avec leur père, Jacob. Il a été question de sévices sexuels. En 1896, Jacob est mort, et Sigmund a été très perturbé par cet événement. C'est alors qu'il a entrepris une auto-analyse.

Après m'avoir révélé cette histoire, ma mère m'avait fait le récit de l'un de ses propres rêves, qui la faisait rire. Elle s'était assoupie, ce jour-là, en début d'après-midi. Tandis qu'elle dormait, quelqu'un s'était mis à sonner à la porte. Probablement un rendez-vous qu'elle avait oublié. Trop fatiguée, elle ne voulait absolument pas se réveiller. Dans son rêve, le visiteur avait pris l'apparence d'un Japonais, coiffé d'un chapeau haut de forme. Il s'appelait M. Nakasoné. Elle trouvait ça admirable.

« Tu te rends compte de la puissance du rêve ? » m'avait-elle lancé.

J'en voyais bien la drôlerie, mais j'avoue que sa puissance m'échappait un peu. Est-ce qu'il signifiait que le désir de celui qui rêve n'est rien d'autre que le désir de dormir ? N'était-ce que cela, le désir ?

*

Louis est mort le 12 décembre 1988. Il m'a fallu dix ans pour me convaincre que je pouvais lui survivre et faire quelque chose de toutes les années qui me restaient. Je me suis mise à écrire en 1998, dix ans plus tard. Un court texte à travers lequel je m'imaginais poursuivre puis faire revenir à la vie l'acteur qui incarnait *L'homme qui aimait les femmes* de Truffaut, Charles Denner.

Soudain, au cours de l'écriture, j'ai vu la figure de mon frère remonter à la surface, tel un noyé, comme s'il était revenu depuis le fond d'un lac gelé, jusqu'à se coller contre la paroi de glace et apparaître, en transparence. Cette image s'est glissée dans mon premier texte, et je n'ai, dès lors, jamais pu arrêter de le rechercher, d'essayer de venir à son secours. Dans mes romans, je me suis mise à multiplier les apparitions et les disparitions, comme autant de retours d'une névrose qui les enchaînait les unes aux autres.

L'écriture m'a sauvée quand je ne savais plus comment survivre, car si c'était Louis qui était mort, ça aurait aussi bien pu être moi. Ce qui était vrai pour l'un l'était pour l'autre. C'est pourquoi le titre de mon premier livre était *L'Un pour l'autre*.

Je n'ai jamais cru aux vertus thérapeutiques de l'écriture. Au contraire, j'ai toujours pensé qu'elle n'était qu'un symptôme supplémentaire de tout ce qui va mal. La nécessité d'écrire vient d'un manque à combler, d'une épreuve à surmonter, et je n'ai pas été plus heureuse après avoir écrit sur mon frère, même si je reconnais que le faire revivre entre les lignes a permis de lui redonner une place dans ce monde.

Quand j'y repense, je mesure à quel point les séances avec Serge durant cette période ont été miraculeuses. Ma mère était là sans être là, de toute façon, elle nous avait tous quittés depuis longtemps, pour refaire sa vie. C'était finalement Serge et Maurice qui partageaient, avec moi, la mort de ce jeune homme. Cette malédiction de Dieu.

Nous n'étions pas à égalité dans ce drame, mais chacun portait son fardeau. Ma survie est alors devenue pour eux, chacun à sa manière, un enjeu angoissant. Allais-je suivre le même destin que Louis ?

Les rendez-vous avec Serge ne s'étaient pratiquement jamais interrompus, ils m'étaient indispensables, je ne pouvais plus m'en passer. Et les drames que j'ai traversés n'ont fait que renforcer ce besoin. Si, par malheur, mon emploi du temps ne me permettait pas de me rendre à l'un de nos sacro-saints rendez-vous, j'appelais sur sa ligne directe, et je lui annonçais, la voix tremblante :

« Je ne pourrai pas venir demain. »

Il me répondait, invariablement, de sa voix douce et calme :

« Au jeudi suivant, dans ce cas. »

La colère se doublait d'une culpabilité si dévorante qu'à la simple idée de ne pouvoir honorer ce tête-à-tête, les larmes me montaient aux yeux, comme si je l'avais abandonné, et que cet abandon l'avait fait souffrir.

Je me demandais pourtant pourquoi, depuis toujours, il ne m'avait jamais proposé de le voir à un autre moment, comme si notre rituel était réglé par un ordre supérieur que rien ne pouvait perturber.

Parfois, c'était une voix de femme qui répondait au téléphone. Au simple énoncé de mon nom, elle raccrochait le combiné sans me laisser le temps de prononcer une parole de plus. Comme si le seul fait que j'existe lui avait été insupportable. Sa réaction m'apparaissait aussi excessive que ma propre culpabilité, contre laquelle je ne pouvais pas lutter. Je n'ai jamais compris ces excès de part et d'autre. Nous aurions pu nous contenter d'avoir un rapport distant. Mais c'était plus fort que nous.

*

Un jour, des années auparavant, j'avais surpris la cuisinière en train de dire, avec son accent franc-comtois, à M. Clément, le chauffeur de mon père, que celui-ci ne sollicitait jamais, car il préférait marcher :

« Mais oui, Madame, elle couche avec le spikiâtre. »

J'en avais déduit, comme il ne pouvait s'agir de moi ou de ma sœur, qu'elle parlait de ma mère, ce qui, à l'époque, m'avait beaucoup fait rire. Sa façon de prononcer le mot *psychiatre*, en l'inversant, m'apparaissait si pertinente, beaucoup plus proche de la réalité.

Pour le reste, le fameux psychiatre avait-il, comme Lili, une vie de famille, je n'avais pas vraiment eu envie d'y réfléchir. Il faut dire que mon credo était depuis longtemps : « Je ne veux pas le savoir. » Mais le jeudi suivant, ce n'est pas lui qui m'ouvrit. Une femme aux cheveux blancs, avec un chignon et un air revêche, m'accueillit de manière si glaciale qu'immédiatement, je baissai les yeux.

« Que voulez-vous ? »

Sa voix était sèche, tranchante comme la pointe d'une dague. Pourquoi m'agressait-elle d'emblée ? Je ne lui avais rien fait, à cette espèce de harpie.

« Je viens voir le professeur. »

Pas une seconde, je ne cessai de regarder le sol. Elle m'invita à la suivre et, pour la première fois, je dus m'asseoir dans la salle d'attente. De nombreux patients lisaient ou feuilletaient des magazines. Je ressentis une angoisse si puissante que j'eus l'impression d'être sur le point de m'évanouir.

Au bout d'une demi-heure, la porte du bureau de Serge s'ouvrit, il me fit signe d'entrer. Je me levai, tremblante, puis m'écroulai dans mon fauteuil habituel.

« Vous n'avez pas l'air bien. Il s'est passé quelque chose ?

— C'est qui, la dame qui m'a ouvert ?

— Ma femme.

— Elle travaille ici ? »

Il m'expliqua qu'elle aussi était psychiatre, et que la première porte à gauche du long couloir était celle de son bureau.

Comment un homme aussi doux, doté d'une âme si profonde et d'une présence si rassurante, pouvait-il partager sa vie avec une femme aussi terrifiante ? Il ajouta, comme pour adoucir notre échange, qu'ils avaient deux filles. Je ressentis à ces mots un léger pincement au cœur. J'enchaînai, comme pour maintenir la pression :

« Au fait, ça coûte combien, une de vos séances ? »

Il me regarda droit dans les yeux, se leva pour rejoindre son bureau, et, après avoir pris une pipe et l'avoir bourrée de tabac aux effluves sucrés, il revint s'asseoir.

« Ça dépend du patient.

— Ah bon ! Mais au nom de quoi ?

— C'est un peu en fonction du revenu des gens qui sont dans la détresse ou dans la souffrance psychologique, ils ont tous le même besoin d'être soignés, mais certains n'en ont pas les moyens. »

Je trouvais qu'il bottait en touche, avec sa repartie, il éludait ce que je cherchais à lui faire avouer, mais je sentais que si j'insistais sur ce terrain, je n'aurais pas plus de réponse à ma question. Avec l'histoire de la gratuité de mes séances, nous nous engagions sur un terrain mouvant. Je fis une ultime tentative :

« Et moi ? Combien je vaux ? Et puis, qui vous paye pour mes séances ? Puisque ce n'est pas moi. »

Il tirait de plus belle sur sa pipe, et puis, après un silence monacal, il me répondit, d'une voix presque inaudible :

« Personne.
— Personne ? »

Comme si je ne l'avais pas bien entendu.

Puis ce fut à nouveau le silence. Je le fixai. Je m'attendais à ce qu'il baisse la tête, mais il ne bougea pas d'un cil.

« Nous avons terminé pour aujourd'hui », conclut-il.

*

Ses mots résonnaient comme une claque suivie d'une fréquence sourde, si tranchante que je dus retenir à nouveau ces larmes que je ne m'expliquais pas, mais qui, lui, ne semblaient pas le surprendre.

« Professeur, on se voit bien jeudi prochain ? »

Il passa sa main sur ma joue et ajouta, avant de se lever :
« Évidemment, à jeudi prochain. »

Je décidai de marcher pour rentrer chez moi. N'ayant pas eu de réponses à mes questions, j'accélérai le pas. Je n'avais rien obtenu, avec cet argument des séances de psychanalyse que je n'étais pas tenue de payer.

Cela résonnait comme une absence de reconnaissance, je n'étais pas sa patiente, puisque je ne lui donnais pas d'argent, ni sa parente, puisqu'il n'aurait alors pas accepté de m'analyser. Ne pas payer induisait un rapport anormal, et m'ôtait toute forme de statut, quel qu'il fût.

Rien n'est gratuit dans la vie, dit-on, mais qu'est-ce que je payais, et comment ? J'aurais préféré payer. Avec les hommes, payer est rassurant, cela éloigne le risque d'être abandonnée.

Et ce qui me perturbait, c'était de prendre conscience que malgré ce lien fort qui existait depuis toujours entre nous, je ne savais quasiment rien de lui.

Qui était cet homme, finalement ? Quelle était la véritable nature de notre relation, sur laquelle pesait une telle chape de silence ? Et quelle raison avais-je de l'aimer tant, bien qu'au fond, je ne le connaisse pas, en tout cas, pas en dehors de nos rendez-vous les plus réguliers possible ?

J'aurais pu me demander si c'était bien de l'amour que j'éprouvais, et quel genre d'amour, mais je ne me suis jamais interrogée à ce sujet, comme sur l'amour en général. Pas plus à propos de Serge que d'un autre. Je ne m'étais d'ailleurs rien dit à son sujet, n'avais pas cherché à savoir, il était là, voilà tout.

Il aurait été plus sage de m'en tenir à cette ligne, mais désormais je voulais comprendre, j'étais assez grande pour ça, je n'étais plus la petite fille qui regardait le bout de ses chaussures, et tout en prenant les précautions nécessaires, je décidai de découvrir qui il était vraiment, et ce qu'il y avait entre lui et moi.

Comment se fait-il qu'en ayant Serge et Maurice dans ma vie, je n'aie pas voulu plus tôt savoir la vérité ? J'aime pourtant, par-dessus tout, découvrir les secrets, démasquer la face cachée des choses, apprendre ce qui se passe chez les gens ou dans leur tête, dans leur couple, leur famille, avec les parents, les enfants, les voisins. C'est ma passion depuis toujours. J'aurais rêvé de devenir juge d'instruction ou commissaire divisionnaire, pour voir et entendre ces drames qui se déroulent à l'abri dc nos regards, à deux pas d'ici, derrière les murs d'enceinte de la vie privée.

J'avais la plus grande admiration pour chacun de ces deux hommes, leur personnalité hors du commun. J'étais fière d'en être si proche, et je les admirais pour toutes sortes de raisons qui n'avaient rien à voir les unes avec les autres. Maurice était facétieux et aimait l'aventure, Serge était dans la réflexion, et avait à cœur de me protéger. Tous deux évoluaient dans des sphères très différentes, et n'avaient en commun que d'avoir fait la guerre dans la clandestinité et pris des risques importants.

Chercher à découvrir la vérité, c'était s'exposer à perdre le lien avec l'un des deux, et ça, je ne m'en serais pas remise. Je suis peut-être à contre-courant des croyances actuelles – la vérité biologique serait essentielle à la construction de l'individu, comme le prétend la loi qui contraint ceux qui abandonnent leurs enfants à laisser un minimum d'informations à leur sujet, pour le jour où on chercherait à les retrouver – mais je n'y peux rien, j'ai trouvé mon équilibre ainsi.

J'ai fait en sorte très tôt d'éviter à en savoir trop sur ce qui aurait pu faire s'écrouler le château de cartes que formait notre trio. C'est donc comme sur une corde tendue entre deux abîmes, et chaussée de pointes, que j'ai avancé, tenant fermement mon balancier de funambule, pour ne pas pencher d'un côté ou de l'autre.

*

La psychanalyse est au cœur de ma vie, c'est pourquoi j'en suis toujours revenue à Freud, qui donne tant de clefs pour analyser les rapports humains hors norme, ceux qui nous enrichissent le plus, que l'on doit réinventer.

Puisque je m'interrogeais, finalement, sur ma détermination à rester dans l'ignorance de la nature véritable de mon lien avec l'un ou l'autre, et que j'avais refusé d'envisager les implications que cela pourrait avoir sur une éventuelle levée des interdits fondamentaux comme l'inceste, et donc sur la formation du complexe d'Œdipe, j'ai repensé à cette dépression qu'a traversée Freud à la disparition de son père.

En cherchant à en apprendre plus sur cet épisode de sa vie, ce choc à partir duquel il a élaboré sa première théorie psychanalytique, j'ai lu qu'il avait tissé un lien entre les abus sexuels subis durant l'enfance et l'hystérie. Il avait écrit à un ami, à ce sujet : « Mon père était un de ces pervers. »

De 1895 à 1896, il construit sa théorie selon laquelle « *la cause spécifique de l'hystérie est bien un souvenir qui se rapporte à une expérience précoce d'abus sexuel pratiquée par une autre personne* [...] *durant la première jeunesse* ».

Cette thèse audacieuse, présentée devant la respectable société psychiatrique de Vienne, y rencontre un *accueil glacial.* En septembre 1897, Freud, conscient de la menace que son hypothèse fait planer sur sa carrière, finit par l'abandonner, pour n'en garder que la théorie du complexe d'Œdipe. Ce virage théorique est également illustré par un rêve fait au lendemain de la mort de son père :

« *La nuit qui a suivi l'enterrement*, écrit-il, *je me trouvais dans une boutique où je lus l'inscription suivante : On est prié de fermer les yeux.* »

C'est justement ce qu'il a fait en « fermant les yeux » une bonne fois pour toutes sur le comportement de son père à l'égard de ses enfants.

*

Après mon échange avec Serge où tout était resté implicite, j'appréhendais le jeudi suivant. Il ne jouait pas le jeu, et persistait à vouloir me cacher ce qui pouvait changer le cours de mon existence. La tranquillité dans laquelle il était resté, tandis que moi, toute la semaine, j'avais alterné les nuits d'insomnie et celles traversées de cauchemars, m'avait déstabilisée.

Le rêve le plus récurrent, durant cette période, était celui où je me voyais à l'état de nourrisson déposé dans une boîte à chaussures, le corps recroquevillé sous une couverture de fortune, gelé par la bise, attendant que quelqu'un vienne me ramasser sur les marches de l'église de Villersexel – il s'agit d'un petit village de la Haute-Saône, là où ma nurse était née. Elle m'y emmenait en train pendant les vacances scolaires : Chaumont, Troyes, Besançon, Vesoul, Lure… Tout au bout de cette ligne qui traversait la campagne, m'attendait ce qui était à mes yeux un coin de paradis. Là, je me sentais vraiment chez moi, à l'abri de tout.

Dans mon cauchemar, figurait toujours le même couple, des paysans en habits du dimanche qui arrivaient sur le parvis, se penchaient sur ce petit carton beige délavé et, après m'avoir longuement observée, se disaient :

« On ne peut pas la prendre, elle est juive. »

Un matin, je suis allée chercher mon exemplaire de *L'Interprétation du rêve*, et j'ai retrouvé la page que m'avait signalée ma mère, le récit du rêve de l'enfant en train de mourir dans les flammes, et c'était pareil à mon souvenir. Je l'ai relue plusieurs fois, et j'ai attrapé un crayon de papier pour barrer un détail dans la phrase. J'ai supprimé le premier mot et n'ai gardé que « Ne vois-tu pas que je brûle ? » En décapitant la figure toute-puissante, j'essayais de nous venger, mon frère et moi, lui qui n'avait pas réussi à tuer le père, et qui en était mort, moi qui restais dans le doute pour échapper à ce destin funeste.

*

Quelque chose s'était déréglé. Quand j'étais sur le point de m'endormir, une piqûre d'angoisse me réveillait, et, à l'inverse, quand il fallait que je me lève, j'étais épuisée. J'avais peur que cette perturbation du sommeil révèle un problème plus profond, et que ma curiosité mette en danger ma relation avec Serge.

Le silence qui avait été le sien m'avait laissée échec et mat. Et pour la première fois depuis que nous nous connaissions, je me demandais ce que j'allais pouvoir lui raconter la fois suivante, comme si son incapacité à nommer les choses m'avait rendue muette. Je n'avais pour l'instant plus rien à lui dire. S'il esquivait mes questions, pourquoi prenait-il la peine de m'écouter lui raconter ma vie ?

Une fois installée dans le fauteuil en face de lui, j'ai gardé cette attitude de défi, et j'ai décidé de ne pas parler la première. J'ai vu que cela l'étonnait, puisque j'étais d'habitude impatiente de lui raconter tout ce qui m'était arrivé depuis la séance précédente. Mon mutisme parlait pour moi. Je ne lâchais pas pour autant son regard. Au bout de longues minutes, c'est lui qui a rompu le silence :

« Comment s'est passée votre semaine ?

— Et la vôtre ? » lui ai-je répondu, étonnée par la brusquerie de ma repartie.

Il a eu un léger sourire :

« Je vous l'aurais racontée si vous m'aviez d'abord posé la question, mais là, c'est moi qui ai parlé le premier. »

Ces petits jeux de mots qui avaient bercé mon enfance ne marchaient plus. J'étais comme un jouet désarticulé, le ressort en était cassé.

J'ai pris un air détaché pour lui raconter le déjeuner dominical. Comme souvent, mon frère et ma sœur s'étaient livrés à une joute pour remporter la victoire de l'ego le plus démesuré.

C'était devenu un refrain classique : l'enjeu de ces déjeuners était de savoir qui réussissait le mieux dans la vie. Tous deux comparaient leurs hauts faits d'armes, essayant de briller aux yeux de Maurice, que cela enchantait et renforçait dans son goût de la manipulation.

Moi, comme à l'accoutumée, je me taisais, je n'avais pas grand-chose à raconter. Je me sentais définitivement transparente, comme la coccinelle de Gotlib, ce petit insecte qui se retrouve toujours en bas de la page, à observer et écouter les autres, d'un air désabusé et moqueur.

Raconter ces anecdotes familiales était insignifiant, je comprenais que Serge esquivait le sujet qui fâche, bien qu'il ait eu une semaine pour y réfléchir. Mais la crainte de le perdre, comme cela a été ensuite le cas avec toutes les personnes que j'ai aimées, s'est réfugiée dans ce silence, dans le vertige de ces non-dits.

*

Maurice, prodiguant des conseils qui n'étaient pas ceux d'un père, m'avait dit un jour :

« Lorsque tu tomberas amoureuse d'un homme, ne cherche rien, n'ouvre aucun carnet ou agenda, ne lis pas les lettres qui lui sont adressées. Si tu cherches dans ses poches, tu trouveras forcément des choses qui te feront du mal. »

Entre l'un qui me recommandait de ne pas fouiller et l'autre qui me signifiait que si je cherchais à en savoir trop, cela lui donnait envie de me fuir, je n'étais guère rassurée sur la propension des hommes à vous dire la vérité ou être sincères. Ils étaient beaux, mes deux serre-livres !

Pour me sentir légitime et retrouver confiance, j'ai eu un besoin d'écrire, comme si recouvrir d'encre tous ces mystères était, à moins de devenir folle, la seule issue pour me forger une identité.

Faisant mine de vouloir éviter le sujet, Serge me questionna à propos de la compétition entre mon frère et ma sœur au cours du déjeuner familial.

« Et vous ? Qu'est-ce qui vous rendrait fière de vous ?

— Que vous répondiez à mes questions.

— Vous voudriez que je vous "réveille", en quelque sorte ? Votre vie se déroulerait dans une sorte de somnolence, et vous aimeriez que quelqu'un vous libère de ce demi-sommeil.

— Exactement. Je serais fière d'apprendre de vous qui je suis et que vous m'accordiez de devenir celui qui me le révélera.

— Pourquoi pas. On verra ça un jour. »

C'était sa conclusion, mais je ne me sentais pas mieux. J'essayai de l'entraîner sur des chemins de traverse. Je revins sur ce que j'avais lu au sujet du comportement de Jacob Freud. Serge m'expliqua qu'il se tenait à l'écart des rumeurs, que pour ses disciples, le fondateur de la psychanalyse était une sorte de Dieu et, qu'avec lui, on ne savait jamais où commençait et finissait la légende.

Je lui demandai si les consultations, si j'osais les appeler ainsi, étaient gratuites pour moi parce que je ne voulais justement pas me réveiller, et que je désirais par-dessus tout continuer à rêver ma vie et me maintenir dans le flou. Ma question eut l'air de le surprendre. Il me répondit :

« Restons au plus près des choses. Reparlez-moi de votre rêve dans la boîte à chaussures. »

En réalité, je ne poursuivais aucun désir, puisque la demande d'analyse n'était pas venue de moi, Serge pouvait donc me laisser courir sans fin après lui, comme le petit chien de Chopin court après sa queue.

*

Trois étages séparaient son cabinet de la rue. Je faisais toujours celle qui allait prendre l'ascenseur pour, finalement, descendre à pied. Ce moment de défoulement était nécessaire.

J'avais besoin de cette pause pour avoir le temps de réfléchir avant de me retrouver confrontée à la réalité, celle du monde autour de moi. Je décomposais bien chaque marche de l'escalier, chaque palier, chaque étage, puis traversais pas à pas le hall jusqu'à la porte cochère. Cela ressemblait aux étapes d'une plongée dans l'inconscient, cette grotte insondable. La transition en douceur me permettait de mettre un peu d'ordre dans mon esprit, après ces séances qui, malgré l'habitude, me bouleversaient toujours autant.

Une fois arrivée dans la rue, j'étais décidée à changer de stratégie, à cesser de tourner autour du pot et à foncer droit vers ma cible, telle une flèche. Pour mieux me préparer à cette mission, je décidai d'aller voir ma mère.

Je les coincerai, me disais-je, les mettrai tous les trois au pied du mur, l'un après l'autre. Il faudra bien qu'ils me parlent.

Puisque mon existence était vouée à se dérouler comme un rêve, même quand je n'étais pas endormie, puisque l'étoffe de ce rêve n'était autre que mon inconscient, lequel se révélait parfois fantasque, j'espérais juste l'alimenter avec délicatesse et ne pas craindre, à tout propos, qu'on le déchire, qu'on le brutalise ; ce serait idiot. Sinon, tout ce que j'avais refoulé finirait par se cabrer pareil à un cheval fou, et m'empêcherait d'organiser mon quotidien de façon cohérente.

Je retrouvai ma mère allongée sur son lit dans une posture que je lui connaissais bien, en train de lire *La Peur* de Stefan Zweig. Chaque nouvelle de ce recueil était un livre en soi. En m'approchant d'elle, je lui déclarai qu'elle avait bien de la chance de lire ce chef-d'œuvre. Il se passa quelques secondes avant qu'elle s'extirpe de sa lecture et voie que c'était moi ; elle comprit cependant que je venais lui parler d'une chose à laquelle je tenais.

« Ah, ma chérie, mais quelle surprise ! Je ne t'attendais pas ! »

Il est vrai que j'ai toujours fait attention de ne pas passer à l'improviste. Ce n'était pas non plus pour la protéger, comme si elle avait été fragile. Je crois n'avoir jamais connu une personne plus solide. Elle m'a toujours semblé être armée jusqu'aux dents, avec ce style germanique dans son système de défense. Ce qui ne l'empêchait pas d'apparaître, aux yeux de tous, comme la personne la plus gentille et la plus délicate.

J'ai enlevé mes chaussures et me suis installée sur son immense matelas, face à elle, dans la position du lotus.

« Tu as un problème ? »

Elle m'avait posé cette question sur un ton qui se voulait à la fois inquiet et thérapeutique.

« Non, c'est juste une question que j'aimerais te poser. »

N'ayant pas prévu que je serais prête à la lui poser, cette question, je cherchais la façon la plus appropriée de la formuler. Il ne s'agissait pas de la choquer, mais d'établir un lien humain, de percer à jour ses failles, de réussir à avoir avec elle un échange qui échapperait aux codes de la bienséance, et me ferait une place à ses côtés.

Je me lançai.

« Tu dirais que je suis la fille de Maurice ou de Serge ? »

C'était sorti comme ça. Sans détour. Ma question ne fit pourtant pas sursauter ma mère. C'était comme si elle l'avait attendue depuis des années. Elle referma, en prenant toutes les précautions possibles, son livre sans chercher à en marquer la page. Il s'était établi, autour d'elle, un silence si parfait que rien ne semblait pouvoir venir le perturber.

Le moins que je puisse dire, c'est que mon attitude débordait du cadre. J'étais sa fille, cela du moins était indiscutable, et elle m'avait appris ce qui se faisait ou ne se faisait pas, ce qui se disait ou ne se disait pas.

Et voilà que nous avions, enfin que j'avais atteint la limite. Non, vraiment, on ne pose pas ce genre de question à sa mère car, par définition, elle ne peut pas y répondre sans déroger aux règles les plus fondamentales d'une bonne éducation.

Mais rien ne semblait pouvoir la déstabiliser, elle ne me jeta pas le moindre regard désapprobateur, sa main ne trembla pas.

« Je ne sais pas », fut sa réponse.

Avant d'ajouter :

« Mais tu es la fille de Maurice, ça, j'en suis sûre !

— Tu viens pourtant de dire le contraire, qu'en fait, tu ne sais pas, que tu n'es pas sûre.

— Ce que je sais, c'est que tu as été conçue en août de cette année-là, enfin, de l'année précédente.

— Voilà une information lumineuse ! Je suis née le 25 avril de l'année suivante, c'est bien, de savoir compter jusqu'à neuf. Mais ça suffit, pour une fois, réponds-moi aussi simplement que possible. »

Ma voix s'était faite plus dure. Je commençais à perdre patience. Je pensais qu'elle se moquait de moi, il n'y avait pourtant pas de quoi trouver ça rigolo. Après tout, ce doute sur mon identité, ce trouble sur mes origines, je n'y étais pour rien.

Au nom de quoi devais-je subir seule les conséquences de leurs désordres amoureux ?

« Eh bien, cet été-là, j'étais en Corse avec les deux. »

Tout en continuant d'essayer de ne rien montrer, ma mère cherchait à gagner du temps, mais elle ne pourrait pas s'échapper, cette fois. Je ne disais mot pour la laisser seule face à ce mystère de la Nativité.

Elle me regarda, comme touchée soudain par la compassion. Puis je l'entendis reprendre :

« Cette semaine-là, j'ai fait l'amour avec les deux et, donc, je ne sais pas. Mais quelle importance, finalement ? »

Comme si elle voulait rattraper ce qui était sorti de sa bouche, elle insista :

« Mais tu es la fille de Maurice ! J'en ai la certitude ! »

Ma dernière question ne concernait que Serge.

« Combien de temps a duré votre histoire ?

— Vingt ans. Enfin presque », murmura-t-elle.

Sa dernière phrase jaillit tel un feu d'artifice.

« Si tu veux vraiment savoir ce qu'il en est, pourquoi ne fais-tu pas un test de paternité ? Je suis sûre qu'ils seront d'accord, tous les deux, pour s'y soumettre. »

Je dois avouer que ma dernière pensée à l'égard de ma mère n'était pas charitable. Durant notre conversation, une idée me taraudait : quel dommage que, dans mon cas, le doute ne s'applique qu'au père. J'aurais tellement préféré qu'il concerne la mère.

Je me levai, l'embrassai sur le front puis, après avoir attrapé mon manteau, je claquai la porte de sa chambre.

*

Il n'était pas question d'en rester là. Je devais poser la problématique de ma filiation de manière différente selon l'interlocuteur. Et la reposer à chacun des trois, séparément. Si je songe aux réponses de ma mère, je ne sais pas si sa façon de se justifier, en apparence si légère, me faisait rire, ou bien me désespérait par sa désinvolture.

On aurait dit une présentatrice météo un peu déboussolée faisant le point sur le temps à venir. « Il fera beau, ou bien il pleuvra, ce sera l'orage ou le ciel sera dégagé, mais par les temps qui courent, rien n'est sûr. »

Derrière son affabilité, j'avais l'impression qu'au fond, en agissant de la sorte, elle niait mon existence.

Le jeudi suivant, j'attendais sur les marches de l'immeuble en haut de la rue Casimir-Périer que l'aiguille de ma montre affiche 16 heures précises, afin d'être certaine que ce serait Serge qui viendrait m'ouvrir, et pas le dragon qui gardait sa porte de peur que son mari lui échappe.

C'est bien lui qui m'accueillit, avant de me scruter dans le fond des yeux, comme à son habitude. Puis, me tournant le dos, il se mit à avancer à toute allure, les épaules légèrement voûtées vers l'avant, tel un cycliste lancé dans la montée d'un col, comme s'il avait redouté de faire une mauvaise rencontre. On aurait dit qu'il galopait dans ce couloir pour se mettre lui-même à l'abri des regards.

Il était de petite taille, sa tête était disproportionnée par rapport à son corps. Moi aussi, je suis petite. Dans ma famille, tout le monde est grand. Mon frère adorait m'appeler « la naine » ou Lucy Ewing, ce personnage de la série télévisée *Dallas*, la plus jeune de la famille, un modèle réduit, comparé aux autres, doté, en plus, d'une forte poitrine. D'ailleurs, ma mère me disait que j'avais les seins d'une paysanne polonaise, alors que chez nous, toutes les femmes se devaient d'arborer un torse « haute couture ». Autrement, rien ne pouvait être plus vulgaire.

Nous étions à nouveau assis face à face avec Serge, bien calés au fond des deux fauteuils dessinés par Charles Eames. Mon cœur me montait dans la gorge. Si j'avais pu prendre mon pouls, j'aurais vu qu'il était à 135 battements par minute.

Serge tirait fort sur sa pipe. Impossible de reformuler ma question, de remettre ça sur le tapis. C'était comme si j'avais été frappée de totale aphasie. C'est lui qui vint à ma rescousse. Ma mère avait dû lui téléphoner, après mon départ, pour lui rapporter notre conversation.

« Vous avez une question à me poser ? »

Je remplis mes poumons d'air, avant de murmurer, d'un filet de voix :

« Croyez-vous que je puisse être votre fille ? »

Je m'attendais à un silence de plomb, mais contrairement à ce que j'imaginais, sa réponse ne se fit pas attendre.

« Vous savez, nous sommes les enfants de ceux qui nous élèvent.

— Et ?

— Et donc, vous êtes la fille de Maurice. »

Avec la justification de ma mère sur le même thème, cela commençait à ressembler au mot d'ordre que se fixent les membres d'un complot.

J'étais irradiée, soufflée par sa réponse. Je m'affaissai dans le fauteuil, des larmes plein les yeux. Je pensais à Maurice. Serge avait raison, c'était bien lui, mon père, peu importait quel spermatozoïde avait atteint sa cible le premier.

« Et que me diriez-vous, si vous pensiez que j'étais votre fille ? »

Il y eut un nouveau silence, abyssal celui-là, puis il déclara, dans un sourire radieux :

« Si jamais vous étiez ma fille, je serais particulièrement fier d'être votre père. »

Cette phrase, même si je n'en saisissais pas vraiment la portée sur le moment, m'a sauvé la vie. Je m'en suis rendu compte bien des années plus tard. D'un côté, Serge restait, à sa manière, aussi opaque que ma mère, mais il m'ouvrait un horizon et la possibilité de poursuivre mes chimères, celles qui ont chaque jour tissé les fils de ma vie et guidé mes recherches.

Je revins à l'attaque.

« Ça m'échappe un peu, car je ne sais pas ce que vous entendez par le mot "fier", qui est un peu excessif, pour moi.

— En fait, je voulais dire que je vous trouvais jolie.

— Jolie ? Comme ma mère ?

— Non. Jolie, comme vous. »

*

Je ne peux pas dire que j'étais plus avancée, mais il me restait à poser la question à mon troisième témoin, Maurice, ce qui, dans ma tête, n'était pas plus simple que de sonder les précédents.

Maurice, je l'ai aimé infiniment, il était à l'opposé de Serge, pressé, parfois colérique, volcanique et ambitieux. Il venait d'être élu à l'Académie française. Combien de dîners, de réceptions et d'efforts avait-il dû fournir pour que les petits bulletins soient majoritairement en sa faveur ? Il devait surtout sa victoire à Paul Morand, son mentor, qui lui vouait une amitié sans faille, d'autant plus surprenante quand on songe à la virulence de certaines de ses opinions, comme son antisémitisme.

Il se trouve que mon immortel de père m'avait invitée à déjeuner, en tête-à-tête, le jeudi suivant – c'était décidément un jour particulier pour moi –, dans sa petite salle à manger, réservée à ses repas avec les « intimes ». J'ai souvenir qu'il voulait que je l'aide à revêtir son habit vert avant de se rendre à l'Académie, c'était jour d'élection, il s'agissait d'adouber ou pas un nouveau candidat sous la coupole.

Maurice avait un cuisinier qui s'appelait Raphaël. Je l'adorais parce qu'il était toujours de bonne humeur, et surtout parce qu'il me faisait le récit détaillé du défilé de ces dames qui avaient succombé au charme irrésistible de mon père.

Au menu ce jour-là, il y avait du poulet et du riz. Maurice se souciait beaucoup de sa ligne, la frugalité était chez lui un art de vivre.

« Ça va, ma chérie ? » me demanda-t-il en s'asseyant.

J'aurais prié pour disparaître derrière un tableau, mais il n'était pas question que je renonce, là, au pied du rempart.

« Maurice, j'ai une question à te poser. »

Depuis l'adolescence, je l'appelais par son prénom, contrairement à mon frère et ma sœur qui l'appelaient « papa ». Je détestais ce vocable, je le trouvais mièvre à l'oreille, et cela ne lui allait pas.

« Oui. Je t'écoute. »

Il souleva ses lunettes et les mit sur son front comme s'il s'apprêtait à faire une expertise. Je posai mes couverts.

« Est-ce que tu t'es déjà demandé si je pourrais ne pas être ta fille ? »

Il sourit en prenant son air de voyou carnassier.

« Non. Oui, non... Enfin, je ne sais pas. Pourquoi ? »

Il avait continué à manger comme si je l'avais interrogé sur son prochain objet à vendre. Quant à moi, je ne savais pas quoi ajouter devant cette réponse si évasive. J'en souillai mon chemisier, une éclaboussure de sauce venant s'imprimer sur ma poitrine. Je trempai le bout de ma serviette dans un verre d'eau, puis essayai d'effacer la tache.

« Remarque, reprit-il soudain, d'un autre côté, ça m'arrangerait que tu ne le sois pas.
— Ah bon, pourquoi ?
— Parce que j'aurais le droit de te sauter. »

On se regarda une fraction de seconde, avant de partir dans un éclat de rire.

Après avoir avalé trois cuillères de flan, il dit, comme si de rien n'était :

« Allez, viens m'aider à mettre mes boutons de manchette. »

Mon grand homme était prêt pour aller s'installer dans le fauteuil 32.

*

Même s'il ne l'avait pas montré, car cela était contraire à ses principes, il est clair que Maurice avait ressenti une profonde tristesse face à mes questionnements. De tous, il était certainement le plus attaché à moi.

Plus le temps passait, plus nous formions une sorte de couple uni par le même esprit espiègle et frondeur, celui qui nous permettait de traverser la vie avec la plus grande légèreté. Pour Maurice, son quotidien, toutes ses histoires et ses aventures, reposaient sur l'art de mentir, et il avait besoin de moi, à tout moment, pour se sortir des situations les plus délicates, des impasses et imbroglios que produisaient ses mensonges.

Au bout du compte, cela m'aurait fait de la peine que Maurice puisse penser que je n'étais pas sa fille. Ce que, moi, j'imaginais à ce sujet n'avait pas vraiment d'importance. Je pouvais très bien mener cette vie avec Maurice qui me plaisait tant, et laisser se dérouler celle plus secrète avec Serge, autour d'une psychanalyse qui, il faut le reconnaître, n'avait rien d'orthodoxe.

Cela me permettait aussi d'échapper à un réveil qui aurait été trop brutal et de poursuivre ce dialogue rêvé, avec Serge, sans que cela mette en péril ma raison ou la tranquillité de ceux qui m'entouraient. Ce dernier ne s'était pas plus engagé, et je devais par ailleurs tout à Maurice.

Mais sans eux, sans les deux, je n'aurais pas su qui j'étais, et j'aurais fini par ne plus comprendre ce que je faisais sur Terre. Le père occupe, dans nos systèmes familiaux traditionnels, une place qui déborde les lieux communs, ceux qui occultent le rôle qu'ils ont en réalité.

Je ne pouvais pas, pour autant, oublier les femmes, ou les enfants en général, dont j'étais, et qui, placés devant la possibilité d'avoir deux pères, sont névrosés, angoissés, obnubilés par l'obligation de découvrir qui est leur vrai père, le père génétique.

Si je désirais en partie savoir, pour aller au bout de cette quête d'identité, j'ai fait attention à ne pas non plus considérer que le lien qui s'était noué avec l'un était plus vrai ou plus pertinent que l'autre.

C'était une chance d'avoir eu deux figures paternelles aussi fortes, même si je n'ai jamais eu un surmoi très développé, et que rien ne m'intéresse moins que les grades dans la hiérarchie sociale, les ordres de la Légion d'honneur. Ces décorations, leur réputation, n'ont pas joué de rôle dans l'attachement que je portais à l'un et à l'autre.

*

Cette dualité est ce qui m'a permis de développer un rapport imaginaire très puissant à ma propre existence. Les obsessions autobiographiques dans ce que j'écris en témoignent.

Lorsque je discutais avec Serge, les épisodes vécus que je lui rapportais m'apparaissaient comme autant de rêveries qu'il fallait interpréter, je ne tenais debout que dans le dialogue avec lui.

Peut-être que si d'autres jeunes femmes avaient entrepris de faire une psychanalyse avec un homme qui aurait pu se révéler être leur père, la possibilité concrète de réussir cette thérapie leur aurait semblé bien faible. Avec Serge, ce problème n'existait pas, car nous parlions à égalité. Souvent, dans la conversation, nous échangions nos rôles, et il me faisait part de ses états d'âme comme si c'était lui qui était devenu le patient, mon patient, et que, ayant fini mon stage, je devais trouver les mots susceptibles de l'aider à retrouver son chemin.

Un tel retournement s'imposait surtout lorsque ma mère était la cause de ses tourments, ce qui nous rapprochait et nous permettait de faire équipe. Dans ma relation avec Maurice, cela revenait au même car je devais faire comme si ma mère n'existait pas, et qu'il disait la vérité à chacune de ses femmes.

Chaque épisode de ces relations multiples avait le charme et la cocasserie d'une pièce de vaudeville, qu'il nous fallait à la fois incarner et décrypter. Nous ne faisions pas de différence entre l'imaginaire et la vie réelle.

*

Je retournai voir ma mère pour lui extorquer quelques confidences. Cette fois, je m'étais annoncée. J'étais allongée sur le lit, à côté d'elle. Sa tête était bien calée sur ses deux oreillers, je regardais son visage.

Les gens disaient que nous nous ressemblions. Je n'étais pas d'accord. Ses traits étaient réguliers avec une douceur qui, je le savais, dissimulait bien des tracas. Sur sa table de nuit, étaient disposés trois petits animaux en jade de couleurs différentes, une chouette, une petite souris aux yeux de diamant et un drôle d'oiseau qui reflétait mille teintes selon la lumière. Ma mère était souvent alitée, elle avait des raisons d'être fatiguée, avec tous les traitements qu'elle devait subir. Une maladie génétique qui n'avait pas encore été diagnostiquée frappait toutes les femmes de la famille. Je savais qu'un jour, cela finirait par m'arriver, mais en attendant, je préférais ne pas y penser.

« Alors ma chérie, tout va bien ? »

Elle avait prononcé cette phrase anodine tout en priant intérieurement pour que je ne revienne pas sur le sujet tabou. Mais je m'étais juré de ne lui laisser aucun répit. Pas question qu'elle s'en sorte à si bon compte.

« Serge, tu l'as rencontré comment ?

— Par l'entremise du professeur Diatkine, avec qui il faisait une analyse. Et moi aussi. À cette époque, je n'allais pas bien. J'étais jeune mariée, et je connaissais encore très mal Maurice. Tu sais que le jour de notre mariage, il a disparu ? On ne l'a pas revu pendant quatre jours. Il est parti sans me donner la moindre nouvelle. Je vomissais toute la journée. J'avais des angoisses de mort sans arrêt, alors que j'étais enceinte de ta sœur. Le cinquième jour, il est rentré à la maison avec un énorme chien en peluche. Je ne lui ai posé aucune question. J'avais compris ce qui allait m'attendre dans ma vie conjugale, qu'il me mentirait toujours. Il a d'ailleurs passé sa vie à l'inventer, avec moi comme avec tous les autres. En 1958, Diatkine a, en quelque sorte, passé le relais de ma thérapie à Serge, mais nous sommes tombés amoureux assez vite. C'était impossible pour lui comme pour moi de résister à cette attraction. »

Ma mère semblait revivre la scène de leur premier baiser.

« Évidemment, j'ai arrêté mes séances avec lui. La première fois que nous avons fait l'amour, c'était dans un petit hôtel du 14e arrondissement. Serge a été et reste mon plus bel amant. C'est avec lui que j'ai véritablement découvert ce que c'était de faire l'amour. »

Elle n'avait pas changé de position, elle semblait loin, perdue dans cette chambre. J'étais, pour ma part, stupéfaite de ces confidences, si privées. En même temps, je les trouvais belles et émouvantes, étrangement, cela ne me choquait pas du tout.

« Et après, comment avez-vous fait pour vous revoir ?

— C'était très compliqué, à cette époque-là. Je ne pouvais jamais le joindre et lui non plus, c'est pour ça qu'il m'a confiée à l'un de ses confrères, pour que je puisse le retrouver chaque semaine à l'hôpital de jour du 13ᵉ. Nous déjeunions ensemble, nous faisions l'amour là où nous pouvions. Je lui écrivais des lettres. J'assistais à tous ses séminaires, mais nous ne pouvions jamais prendre le même train, le même avion, à l'aller comme au retour, de peur que sa femme ne vienne le chercher à l'improviste. Je l'ai aimé passionnément et, durant des années, j'aurais fait n'importe quoi pour qu'il la quitte et parte avec moi. Mais j'étais sans cesse dans l'ambivalence, je le voulais rien qu'à moi, et puis, la seconde d'après, je pensais à vous, à Maurice, auquel je restais très attachée, même si, avec les années, nous avons fini par faire chambre à part. Et un jour, en fouillant dans ses poches, sa femme est tombée sur une de mes lettres, elle l'a agoni d'injures, elle lui a fait sa valise sans lui demander aucune explication, et l'a mis dehors. »

J'étais sidérée par cette surenchère de révélations, on aurait dit qu'elle parlait à son psy, et je demeurai silencieuse pour qu'elle continue d'oublier qu'elle parlait à sa fille.

« Figure-toi que Serge est venu tout de suite me chercher. Je n'en revenais pas. Il a sonné chez nous. En plus, c'est Maurice qui lui a ouvert. "Serge est là avec une valise", m'a-t-il annoncé. Je me suis précipitée dans l'entrée. En effet, il était là, dans son manteau bleu marine, une valise à la main. Il m'a dit, l'air hagard : "Elle m'a foutu à la porte. Je suis libre, je viens te chercher." »

J'avais l'impression d'être au cinéma, devant un film au casting délirant. J'étais partagée entre l'envie d'éclater de rire, et l'émotion que ma mère me procurait en me racontant cette histoire avec autant de sincérité et de naturel.

« Je lui ai dit que je ne récupérerais pas un homme qui venait d'être jeté par sa femme, et qu'il aurait dû la quitter avant. Il est reparti en sens inverse, et a pu regagner, après sans doute beaucoup de drame, le domicile familial. »

J'osai poursuivre mon interrogatoire, puisque j'avais l'impression qu'elle était prête à tout me raconter sur leur histoire.

« Malgré ça, vous avez continué à vous voir ?
— Oui, après une brève séparation, nous nous sommes retrouvés. Il nous était impossible de vivre l'un sans l'autre, mais nous faisions encore plus attention à ne pas nous faire prendre. Et puis, les années ont passé… », ajouta-t-elle d'un air mélancolique. « Je l'aimais encore, mais pas comme je vous aimais, aucun homme ne peut rivaliser avec l'amour que l'on porte à ses enfants. »

Cet échange avec ma mère eut lieu avant que la vie, peu de temps après, ne la fasse mentir.

*

Les vacances d'été approchaient, et mon angoisse ne cessait d'augmenter à mesure. Un mois en Corse, dans le cap, rituel annuel incontournable. Maurice et ma mère, mon frère et sa nouvelle fiancée seraient du voyage.

La loi sur la majorité légale avait changé, je serais majeure dans quelques mois. Je ne sais pas pourquoi, mais cette échéance était associée, dans mon esprit, à la perspective d'avoir des enfants. Pourtant, cela ne changeait rien : je n'en voulais pas. Définitivement. C'était un sujet que nous abordions souvent avec Serge.

Durant cette période, ma sœur avait pris le large. Déjà promise à un avenir glorieux, elle traçait sa route qui ressemblait de plus en plus à celle d'une grande artiste internationale. À cette époque, la photographie s'imposait dans le monde comme un nouvel art majeur.

Louis, jeune avocat, avait rejoint l'équipe d'un cabinet prestigieux. Pour la première fois, j'allais passer du temps avec celle qui allait bientôt devenir son épouse, ma future belle-sœur. Elle était d'une beauté saisissante. Son visage aux traits fins et délicats, son corps de sirène faisaient l'admiration de ces messieurs qui n'en revenaient pas qu'une telle créature ait rejoint notre petit groupe. La fiancée de mon frère s'est rapidement retrouvée au centre de toutes les curiosités et de toutes les conversations.

Louis disait l'avoir rencontrée sur les bancs de la faculté de droit. Il en était fou. Rien n'était assez beau ni assez grand pour achever de la conquérir. Mon Dieu, que ce mois d'août me semblerait long.

Mes parents s'étaient irrémédiablement éloignés l'un de l'autre. Ils restaient ensemble pour préserver la façade sociale, mais chacun menait sa vie, voire ses vies, de son côté.

Pour ma part, je partais seule, comme toujours. Cela m'arrangeait car je ne voulais pas avoir à faire la causette, en plus des obligations familiales. Sur ce plan, le simple voisinage de Maurice et sa cohorte d'amis me donnait déjà le tournis, rien que d'y penser. Les anecdotes sophistiquées, les citations littéraires érudites, tout ce qui pouvait contribuer à ce prétendu « art de la conversation » m'assommait.

*

J'arrivais à mon dernier rendez-vous avec Serge avant le départ. Je trouve incroyable qu'on puisse désigner du même mot les discussions mondaines et le dialogue vital que je partageais avec lui.

« Je ne me sens pas bien. »

Cette phrase inaugurale eut pour effet de lui faire entrouvrir les paupières plus que d'ordinaire.

Depuis quelque temps, j'avais remarqué que son regard se faisait parfois plus lourd, en plein milieu d'une séance. Je mettais cela sur le compte de l'énergie qu'il devait dépenser pour sauver ces centaines d'enfants de par le monde, à travers les guerres et les cataclysmes.

J'évoquai mon désir d'annuler ces vacances en Corse, de rester à Paris pour continuer à travailler, j'enchaînais déjà les castings et les rôles. Cet endroit que j'avais tant aimé autrefois avait pris, avec les années, les allures d'un centre, non pas de loisirs, mais de petites tortures et humiliations diverses.

Ma famille en était la cause principale. C'était une sorte de carcan, dans lequel je n'étais plus du tout libre, où il fallait jouer un personnage, moi qui préférais réserver cela à la scène plutôt qu'à la sphère intime.

Il s'agissait aussi de la blancheur de ma peau qui refusait de bronzer, de mon léger surpoids caractéristique de la sortie de l'adolescence, de ma solitude parmi tous ces êtres prétendument brillants, qui rivalisaient de bons mots et de morceaux de bravoure, d'apparat plus que littéraires. Et puis, nous devrions nous séparer, lui et moi, pendant trop longtemps.

« Comment vous prévenir si je vais mal, si j'ai des choses à vous raconter ? Comment vous joindre ?

— Vous pouvez toujours m'écrire. Je vous lirai avec plaisir. Même si je ne réponds pas tout de suite, nous pourrons en parler à votre retour. »

Cette simple phrase me fit l'effet d'une douche froide, mais aussi d'un puissant tranquillisant.

« Donc, ça veut dire que nous continuerons nos séances à la rentrée, c'est bien ça ? »

J'avais encore et toujours cette hantise qu'il me dise : « Voilà, le travail est terminé, nos séances, c'est fini. »

« Mais, bien sûr, que nous nous verrons à votre retour. D'ailleurs, je voudrais vous faire part d'une pensée qui m'a traversé l'esprit cette semaine en songeant à vous. Si, un jour, je ne suis plus là, promettez-moi que vous n'irez jamais voir quelqu'un d'autre... »

Il m'avait dit ça sans bouger. Je m'empressai de lui répondre.

« Je vous le promets. »

S'engager à ne jamais consulter un autre psy, quoi qu'il arrive, quels que soient les malheurs que je pourrais traverser, je n'en estimais pas précisément la gravité, mais j'avais l'intuition que ce n'était pas rien.

Sa demande exigeait un serment insensé de ma part. Est-ce que cela m'assignait à ne jamais aller mal ? Ou plutôt, puisque cela est impossible, à faire taire mes douleurs et mes souffrances ? *Never explain, never complain.*

Les dix minutes qui restaient avant la fin de notre rendez-vous se passèrent dans un silence pesant, ponctué par quelques bribes de réflexions sur l'adulte que j'étais en train de devenir prématurément.

Ses yeux fixant les miens me troublaient encore davantage qu'à l'accoutumée. J'ai cru, un instant, éprouver pour lui un désir plus trouble encore.

Mon absence d'envie d'avoir un enfant ne le dérangeait pas. Il ne trouvait pas ça grave, et se montrait même intransigeant à l'égard de celles et ceux prêts à tout pour devenir parents, lorsqu'il s'agit d'une démarche égoïste, qui refuse de voir les conséquences de leur désir tout-puissant. Plutôt opposé à la vogue de cette nouvelle technique qu'on appelait la FIV, il y voyait un dévoiement de la figure paternelle, puisque, pour lui, dans cet acte, le « vrai père » était le médecin-gynécologue. Ce qui, selon lui, pouvait induire de nombreux déséquilibres chez l'enfant à naître.

Cette conception me semblait témoigner d'une certaine ironie, venant de lui, et, si j'avais osé, je lui aurais volontiers demandé quel rapport on pouvait établir entre un père gynécologue et un père psychanalyste. Mais il m'aurait répondu que ça n'avait rien à voir, ma question trop impertinente à son goût l'aurait choqué.

Il se leva. Cette heure si importante pour moi avait pris fin.

Pour la première fois, il me fit passer devant lui dans le couloir ; une fois sur le seuil, il ajouta :

« Bonnes vacances, alors.

— Et vous ? Vous partez aussi ?

— Oui », répondit-il dans un souffle, comme s'il n'avait pas le choix.

Puis il disparut en refermant la porte derrière lui. Je restai seule avec ma question : pourquoi ne l'avait-il pas, ce choix ?

*

Si, au plus profond de moi, mon existence pouvait prendre corps sans la moindre certitude sur mes origines, je savais pourtant que, moi, je ne pourrais pas tricher intentionnellement. J'étais assignée à la vérité, pas celle, toute relative, de Maurice, non, celle implacable de Serge. Ne pas me mentir sur celle que j'étais, ni m'empêcher d'être lucide sur les autres, y compris les plus proches. Je les observais tous, chacun jouait sa partie, aiguisant ses longues dents. Les miennes étaient de lait.

Je le sentais déjà, mes gènes me narguaient lorsque je croisais mon reflet dans le miroir, ils deviendraient des pièges dont, fatalement, je ne pourrais pas m'échapper.

Depuis ma petite chambre donnant sur les hortensias qui bordaient notre bergerie corse, je repensais à cette dernière séance avec mon professeur en psychiatrie. Nous avions l'art de nous construire des impasses. Pourquoi s'était-il cru obligé de me livrer son opinion sur la fécondation assistée ? Je venais pourtant de lui répéter pour la énième fois que je ne voulais, en aucun cas, devenir mère.

Était-ce pour brouiller les pistes au sujet de son éventuelle paternité à mon endroit ? Ou bien pour renforcer le fait que mon absence de désir d'enfant était irrémédiable ? Que, selon lui, pas un homme ne pourrait me faire changer d'avis, ou bien qu'aucun d'eux ne m'aimerait assez pour me le demander. À moins que ce ne soit moi qui ne pourrais en aimer un suffisamment pour remettre en cause ce principe que je m'étais fixé très jeune.

En tout cas, c'était lourd de conséquences. Je le découvre en y repensant aujourd'hui. Avait-il le droit de consolider cette certitude existentielle, qui, d'une certaine façon, déterminerait l'ensemble de mes relations amoureuses avec les hommes ? J'en suis totalement convaincue. Il avait tous les droits sur moi.

Existe-t-il un rapport entre le lien particulier qui existait entre nous et mon refus d'avoir des enfants ? Il y a une part de logique dans la réponse à cette question, car ce qui serait encore plus bizarre, c'est qu'il n'y en ait aucun, de lien. Serge se vengeait-il ainsi de quelque chose ? Comment ressentait-il le fait de ne pas avoir réussi à quitter sa femme ? De ne pas avoir pu abandonner ses filles ? Je pense qu'il voyait dans l'enfantement une forme d'entrave à la liberté, et qu'il ne souhaitait pas que je la subisse.

Le problème est qu'il me manquerait une clef pour avoir accès aux hommes, et m'assurer qu'ils acceptent de s'engager avec moi. Que devrais-je leur donner pour pouvoir être aimée en retour ? Cela ne serait-il jamais assez ?

L'une d'entre nous, en tout cas, semblait avoir tout compris de cette mécanique : ma future belle-sœur. Mon chien enragé d'amour de frère ne savait plus que faire pour la satisfaire. Il courait derrière elle, du matin au soir, portant un énorme panier dans lequel s'entassaient autant de crèmes pour protéger sa peau que d'huiles bronzantes pour que son teint de miel vire au pain d'épices.

Chaque jour était un défilé de maillots de bain de toutes les couleurs, avec une économie de tissus épousant les lignes de son corps. Ses bijoux en or clinquant et son cou couvert de médailles amplifiaient son côté inaccessible. Seule ombre au tableau, sa voix traînante aux accents de crécelle qui venait jeter un léger trouble sur celle qu'elle était vraiment, et prêtait à sourire.

Ce spectacle me fascinait. Se jouait devant moi tout le théâtre de la comédie humaine.

Ne pas savoir d'où je venais, ne pas me prendre pour ce que je n'étais pas, être dépourvue de certitudes, ne pas me croire unique ou supérieure, c'était une chance. Je le comprenais dans ces moments, et j'avais l'impression d'avoir tout raflé, comme au casino, les splendeurs et les faiblesses de mes semblables, leur intelligence et leur mesquinerie.

Le goût du secret, la faculté de rêver ma vie, tout ce qui aurait pu me rendre folle, me permettait de tenir, fût-ce sur un fil.

*

Au loin, sur la terrasse de la deuxième maison, celle des adultes, je voyais Maurice faire de grands gestes devant une assemblée qui riait et fumait des cigares. J'imaginais Serge quelque part, en famille. Quel père pouvait-il être ? J'aurais tout donné pour le savoir.

Ses doutes à propos de mes futurs amoureux et de ma non-progéniture pouvaient-ils signifier qu'il me voulait pour lui tout seul ? De la même manière que l'exclusivité psychanalytique qu'il avait exigée ? Je veux croire à cette raison dans laquelle je retrouve une certaine douceur, même si là ne réside pas forcément la vérité.

Une autre version, plus pessimiste et qui ne lui ressemble pas, viendrait d'ailleurs, de l'idée qu'il aurait pu être mon père, d'un désaccord avec ma mère à ce sujet, peut-être même de disputes entre eux.

J'aurais été, pour lui, une sorte d'« otage analytique », la prisonnière de son périmètre d'interprétation, tout ce qui lui échappait n'ayant pas le droit d'exister. Je me suis souvent demandé comment on pouvait basculer dans un délire paranoïaque de jalousie à l'égard de l'un de ses proches. Pour moi, cela n'avait pas lieu d'être, c'était interdit, tout simplement, comme n'importe quel tabou, comme l'inceste.

Ou pire encore, j'aurais pu être le cobaye d'une expérience unique : analyser en direct les conséquences de cette pratique sur un être proche quand vous ne l'avez pas reconnu. Est-ce que le fait que je ne sois pas officiellement sa fille suffisait à faire sauter les barrières déontologiques de cette activité aux effets très puissants sur ceux qui s'y adonnent ?

Cette idée me semble excessive et par trop monstrueuse. Notre relation n'aurait pas été vivable, alors qu'elle m'a surtout apporté des moments de bonheur.

*

Au bord de la Méditerranée, les jours s'écoulaient lentement, tous semblables à ceux de la veille. Les invités se succédaient. La salle affichait complet, les représentations continuaient de se jouer à guichets fermés, tout en m'incitant à ne plus sortir de ma chambre.

Je dévorais tous les livres que je pouvais dénicher dans la bibliothèque du salon. Cette nuit-là, j'étais en train d'avaler un énorme sachet de fraises Tagada et *Les Travailleurs de la mer* – j'étais amoureuse de Victor Hugo –, quand, soudain, la nuit est venue se fracasser à nos fenêtres.

Un bruit d'apocalypse s'est fait entendre. Je suis sortie sur la terrasse, le tonnerre déchirait le ciel et produisait une lumière si aveuglante que toute la baie de Saint-Florent semblait éclairée par des néons. Un grondement a traversé les montagnes, et un éclair a foudroyé un arbre à quelques mètres de moi, avant de le soulever dans un souffle. Puis la pluie s'est violemment abattue, c'était un tel déluge que j'ai été immédiatement trempée. Tout a été plongé dans le noir absolu, l'électricité avait pris congé.

J'ai avancé à tâtons pour attraper une lampe torche posée sur ma table de nuit, et me suis dirigée, ruisselante, vers le ponton. J'ai posé ma lampe sur la digue pour éclairer l'échelle, et j'ai ôté mes vêtements. J'étais seule dans cette immense étendue noire, où le ciel et la mer se confondent, immergée sous l'orage, engloutie par l'eau salée.

Il me fallait retourner à la source. J'aurais pu me laisser couler, tout comme mes larmes, lorsque j'ai entendu crier une voix d'homme, à la sonorité aussi puissante que celle d'un baryton :

« Il y a quelqu'un ? »

Ce timbre de stentor m'a tirée des profondeurs humides des posidonies. Je suis remontée par la vieille échelle en bois à la peinture blanche écaillée, avant d'enfiler à la hâte mes vêtements mouillés.

« Qui êtes-vous ? ai-je demandé, pas très rassurée.

— Je m'appelle Jean, je travaille dans le désert des Agriates. Je dors sous une petite tente, un campement de fortune. Je connais vos parents, j'ai par miracle réussi à arriver jusqu'à vous avec ma deux-chevaux. J'ai besoin d'un hébergement pour la nuit. »

Ce type ne me disait rien qui vaille. Et, malgré mon calme apparent, je n'en menais pas large.

« Suivez-moi », lui ai-je pourtant répondu en m'égratignant la plante des pieds sur le parterre de lauzes pour remonter jusqu'à la maison.

Je marchais vite. Il me suivait tout en m'abreuvant de mots que je n'écoutais pas. Arrivée devant la fenêtre de la chambre de ma mère, j'ai toqué au carreau.

« Tu m'entends ? Viens, s'il te plaît, il y a un monsieur qui te demande. »

Je le plantai là pour rejoindre en courant ma chambre de l'autre côté du chemin. L'eau de la douche était chaude, je restai debout un long moment pour tâcher de reprendre pied.

*

Dehors, l'orage était passé. Je sentais pourtant que nous n'étions pas près d'être épargnés par le mauvais temps.

Je retrouvai mon Robinson sauvé des eaux installé à la table du petit déjeuner sur la terrasse. Visiblement, il n'avait pas dû manger à sa faim depuis plusieurs jours. Il engloutissait des tartines grillées pleines de beurre avec, étalées par-dessus, des généreuses cuillères de miel qui lui coulaient entre les doigts.

Il devait être là depuis un bon moment puisqu'il a annoncé que, finalement, il prendrait bien un troisième café. Ma mère était assise en face de lui, buvant ses paroles comme si elle avait manqué d'eau depuis longtemps.

Je m'étais glissée sans bruit au bout de la table. J'avais réussi par miracle à me réserver le fond d'un jus d'orange, et je l'écoutais palabrer. Il donnait à ma mère un cours d'égyptologie. Jean Leclant n'avait plus qu'à aller se rhabiller. Puis il a continué sur une diatribe contre le marché de l'art.

Pour lui, ce commerce était une immondice. L'art devait n'être qu'un geste gratuit à transmettre aux générations futures. L'argent pourrissait tout. Ben voyons ! Il ne s'arrêtait pas de parler. Ma mère était ensorcelée par ses yeux bleus et sa gueule de bellâtre rabelaisien.

Au bout d'un moment, je me suis levée, personne ne m'avait rejointe pour ce cours magistral. Chacun s'était évaporé, évitant d'affronter cette scène d'un ennui profond. Les hôtes de ces lieux semblaient avoir tous disparu, laissant le spécialiste en archéologie dans un tête-à-tête privilégié avec sa nouvelle disciple.

Je passai par le bureau de Maurice qui était en train d'écrire. Contrairement à Paris, ici, il suffisait de pousser la moustiquaire. Il n'y avait pas le moindre barrage pour le rencontrer. Il ne leva pas la tête de ses manuscrits. Dans la baie, mon frère et son odalisque embarquaient à bord d'un bateau. J'étais plus seule que jamais.

Encore quinze jours à tenir. Je retournai me réfugier dans ma chambre terminer mon roman de Victor Hugo. Puis j'attrapai une feuille et un stylo pour écrire à Serge.

Cher Professeur,

Je ne sais pas où et quand vous pourrez lire cette lettre. Vous me manquez. Ici, je me sens transparente, et surtout comme étrangère à tout ce qui m'entoure.

Mon frère est en transe et, pour la première fois, me délaisse pour une autre. Tous semblent absorbés par leur nombril ou quelque chose d'approchant. Ce n'est que jeux de masques et de dupes. Un Monopoly géant des ego. Je me sens comme une éponge qui absorberait tout. Je les écoute parler et, pour moi, tout sonne faux, une symphonie interprétée par un orchestre désaccordé.

Il n'y a que dans la lecture que je trouve une véritable harmonie. Je ne peux pas me passer de la magie des mots, celle qui me rattache à vous. La semaine dernière, j'ai relu Le Misanthrope. *J'en avais, par moments, le souffle coupé. Je me suis reconnue en lui et sa détestation de l'espèce humaine.*

Je n'ai que dix-sept ans, mais seuls les chemins de traverse, le hors-piste ont du sens. Je n'aime que ce qui est secret, caché, croyez-vous que cela puisse avoir un rapport avec notre relation ? Lorsque je vous écris cette phrase, je vous entends déjà me répondre : « Qu'est-ce qui vous fait dire ça ? »

J'ajouterais aussi que ce que j'aime, c'est voir venir les choses et observer les gens faire. C'est toujours pire que ce qu'on pouvait craindre.

À ce propos, nous venons d'hériter d'un nouveau personnage dans notre commedia dell'arte, un loustic venu de nulle part qui a débarqué cette nuit, après un violent orage. Il raconte qu'il dormait sous une tente, et il est venu trouver refuge chez mes parents, qu'il prétend connaître. Apparemment, il promet. Une sorte de cuistre, le mec qui s'écoute parler. Ma mère semble encline à vouloir l'aider à trouver son public. Elle a l'air d'apprécier son franc-parler, sa soi-disant liberté, et je sens qu'elle est en train de tomber sous le charme de celui qui la regarde avec des yeux de serpent à sonnette.

Et vous, dans quel pays êtes-vous parti ? Vous devez être en famille. J'ai hâte de vous retrouver pour tout vous raconter.

Exceptionnellement, puisque ce n'est que par écrit, je vous embrasse.

Votre impatiente patiente

*

J'avais bien conscience que mes doutes sur le nouvel arrivant avaient déclenché le désir d'écrire à Serge. Avais-je envie de l'alarmer ? Lui demandais-je de m'apporter son soutien face à ce que je pressentais être une menace ?

Ma mère, qui avait l'habitude de prendre les problèmes à l'envers, s'inquiétait souvent au sujet de mon refus de me rendre dans des soirées avec des jeunes gens de mon âge. Un jour, elle m'avait même demandé d'un air doucereux si, en fin de compte, je ne préférais pas les femmes. C'était monnaie courante, dans notre famille. J'avais éclaté de rire, décidément, elle ne comprenait rien à rien.

Cela a été pour moi l'occasion de prendre conscience que je n'avais jamais parlé à Serge de mon penchant immodéré pour les hommes.

Pourquoi lui avais-je caché cet aspect essentiel de mon subconscient ? Avoir été élevée, même partiellement, en pointillé, par l'amant de ma mère, ce qui laissait planer un doute sur le fait qu'il aurait pu être mon père, a-t-il contribué à développer chez moi ce qui, aujourd'hui, serait perçu comme une déviance ?

Mais à l'époque, même pour une très jeune femme, avoir une passion pour les hommes était somme toute considéré comme normal.

J'essayais de rassembler mes pensées, mais par où commencer ? C'est mon frère qui avait ouvert le bal, pour la première fois, je ressentais son absence, il n'était plus là pour moi, sa passion amoureuse avait emporté tout le reste. Puis, je songeais à ma mère et à sa nouvelle découverte, laquelle était sur le point de tout balayer sur son passage, telle la tempête qui l'avait conduit jusqu'ici.

Avec Maurice, au moins, rien ne changeait. Son obnubilation pour notre voisine corse m'envoyait, encore et toujours, au tapis. Ma sœur, elle aussi, sans le vouloir, m'avait abandonnée depuis des années. Cherchant à se protéger, elle avait fui dans les photos issues de son imaginaire, racontant notre monde promis à la destruction, et me laissant loin derrière, sans vraiment avoir eu la curiosité de savoir qui j'étais. Comment lui en vouloir, nous avions huit ans d'écart.

Je me sentais plus seule que jamais. Mon apprentissage du théâtre et le fait de déjà travailler m'aidaient pourtant à me forger une identité, à me fabriquer une communauté.

*

Ce moment tant attendu était enfin arrivé, la fin des vacances, le retour à Paris, nous étions dimanche, je devais patienter jusqu'à jeudi. C'était interminable, je n'en pouvais plus.

Je retrouvai Serge. Ce n'était pas évident de reprendre le fil de notre dernière séance après un mois de suspension, mais j'avais à cœur de lui faire part de ma réflexion sur mon rapport aux hommes.

Pour la première fois, je lui racontai l'histoire d'amour que je venais de vivre. Elle était tordue comme tout le reste, mais au moins, c'était moi qui l'avais voulue. C'était avec quelqu'un de beaucoup plus âgé.

J'étais partie à sa conquête comme l'on entre par effraction dans un quartier de haute sécurité. Cela avait duré deux ans, c'était mon jardin secret, une histoire rien qu'à moi. Il m'en avait fallu, du temps, pour obtenir mon premier baiser, mais j'avais triomphé. Peu importait la morale, il me regardait comme une femme, il faisait attention à moi, je savais qu'il avait quelqu'un dans sa vie, mais lui au moins me disait la vérité ; en sa compagnie, je me sentais adulte.

Serge m'écoutait silencieusement. Des larmes se mirent à couler sur mes joues. Il me tendit une boîte de mouchoirs en papier.

« Pourquoi pleurez-vous ?
— Peut-être l'émotion de vous retrouver. »

Je me mouchai sans oser faire de bruit.

« Je pense qu'il y a une autre raison… Dites-m'en plus sur cet homme qui a fait irruption dans la vie de votre mère. »

S'en enquérait-il pour moi ou pour lui ? Ne cherchait-il pas à m'utiliser pour savoir, par mon entremise, qui était cet homme, ce possible rival ? S'il représentait un danger ? Avait-il peur, à son tour, de l'abandon ?

Je lui expliquai tout, dans les moindres détails. Il valait mieux qu'il en sache le plus possible, pour ne pas être complètement pris au dépourvu. Je ressentais à son endroit, dans ces circonstances, une sorte d'instinct maternel, tant il me semblait désarmé pour ce genre de combat.

Nous avions largement dépassé l'heure qui nous était impartie. Nous étions désormais tous les deux devant le peloton d'exécution, à attendre de connaître la sentence qui déciderait de notre sort. J'implorais le ciel de nous accorder une remise de peine.

Comme tout le monde, j'ai adoré ma mère, ce pour une raison simple : c'était une personne adorable, très aimable. Cependant, sans que je puisse m'y attendre, cet été-là, notre relation s'est dégradée, plus particulièrement de son côté. J'ai eu l'impression qu'elle m'en voulait pour quelque chose que j'ignorais.

Je me suis toujours intéressée à sa relation avec Serge. Ils s'aimaient, c'était évident, ils le disaient tous les deux, peut-être elle un peu plus que lui. Malgré les années qu'ils avaient passées ensemble, malgré la situation délicate dans laquelle je me trouvais par rapport à leur couple.

Ma relation avec elle était limpide, avec lui, c'était moins évident, mais c'était vrai. Il était ma vérité, celle à laquelle je me raccrochais quand tout mentait autour.

J'avoue ne pas avoir compris ce revirement chez ma mère. Je ne pouvais pas être tenue pour responsable de ce problème. Maurice était, par principe, innocent, et Serge, je ne vois pas bien ce qu'il aurait pu faire.

Lili avait subi, comme nous tous, cette éducation rigide qui interdit de se plaindre, d'exprimer ce qu'on ressent, d'avouer qu'on va mal, ce qui rendait les souffrances ou les frustrations difficiles à déceler. Nul doute que ça avait été une chance de partager sa vie avec des hommes tels que Serge et Maurice, mais je ne pouvais m'empêcher de me poser la question : était-elle au niveau ?

Il fallait que je sois bien jeune et inexpérimentée pour m'interroger de la sorte. La vie se chargerait de m'apprendre que les femmes monstrueuses ont des atouts, elles savent jouer avec la faiblesse des hommes.

Moi, dans l'amour, ce que j'aimais plus que tout, c'était la transgression. Une jeune femme peut prendre le pouvoir sur le corps de l'autre, mais ce sont pourtant des hommes initiés qui m'ont enseigné les plaisirs charnels et la jouissance. Leur compagnie me procurait un sentiment de puissance et de tendresse mêlée.

Je ne me suis jamais sentie manipulée, au contraire. C'est moi qui choisissais, qui séduisais. La soumission, ce n'est pas pour moi. Je n'ai jamais éprouvé la moindre honte, culpabilité ou crainte, ne me suis jamais sentie sous emprise. L'amour est par définition une relation d'emprise, c'est un enfermement consenti, et le rapport de force change au cours des années, parfois, on est celui qui aime le plus, puis c'est l'autre qui se retrouve dépendant de vous. Rien n'est immanent.

Quelle chance j'ai eue de pouvoir vivre tout ça, c'était il y a plus de quarante ans. Je frémis en songeant à ce que ça aurait été de le vivre aujourd'hui…

*

Ce soir-là, dans mon lit, avant de trouver le sommeil, je fis le bilan de ma séance avec Serge, et je repensai à ma mère, au centre de nos préoccupations. Je convoquai d'autres souvenirs avec elle.

Longtemps, mes soirées préférées se sont passées dans son lit. Maurice, qui était aussi insaisissable que le vent, laissait une place vide. Lili avait une merveilleuse collection de disques classiques en trente-trois tours. Nous commencions toujours, après avoir dîné, par la cantate 51 de Bach, chantée par Suzanne Danco, nous enchaînions ensuite avec Chopin, les nocturnes, les valses, les concertos, tous interprétés au piano par Arthur Rubinstein.

J'avais fait la connaissance de ce musicien virtuose et de sa femme Nella en allant l'écouter jouer lorsqu'il se produisait à Paris, au Théâtre des Champs-Élysées. Il adorait ma mère qu'il avait connue du temps où il les avait hébergées avec ma grand-mère, durant la Seconde Guerre mondiale. Le couple possédait une propriété en Argentine, et c'est grâce à eux qu'elles ont échappé au sort le plus funeste. Ma mère vivait à cette époque en Allemagne, pays où elle était née.

Ces soirées en sa compagnie, je ne les aurais échangées pour rien au monde. Je me confiais à elle, je me disais que tant qu'elle était là, j'étais en sécurité. Maurice sortait beaucoup, elle ne parvenait plus à suivre le rythme.

Je devais avoir une dizaine d'années quand, un jour, elle m'a annoncé, sur un ton presque solennel :

« Jure-moi que tu ne me quitteras jamais, même pour un homme. »

J'avais pris cette demande très au sérieux, et lui avais promis que jamais je ne l'abandonnerais à sa fatigue et à sa solitude. Ses problèmes de santé l'empêchaient de voyager, et j'imagine que ne pas pouvoir retrouver Serge dans ses séjours à l'étranger devait contribuer à son sentiment d'être délaissée.

Mais j'étais là, moi, j'étais cette petite fille persuadée que rien ne viendrait jamais me séparer d'elle.

Aujourd'hui, c'était loin, tout ça. À présent, c'était elle qui s'absentait de plus en plus, qui n'était quasiment plus là.

Quand je rentrais dans sa chambre, je la trouvais vide. Je maudissais cet orage corse qui avait recouvert mon existence d'une couche de cendres. Maurice faisait mine de ne rien remarquer, comme à son habitude, et lui parler de mes angoisses aurait eu autant d'effet que de frapper à coups de poing sur une porte blindée.

Serge, lui, était toujours là, et je pouvais déverser mon chagrin tous les jeudis, même si je percevais dans d'imperceptibles mouvements de tête, dans certaines de ses expressions et gestes des mains, que lui non plus ne se sentait pas bien.

Lequel parlait à l'autre ? Qui était le patient ? Et qui était le psy ? Nous avions tous les deux été abandonnés par le même être.

Au cours d'une séance, il eut pour la première fois un geste totalement impensable jusque-là. Il se pencha vers moi, puis il me tendit la en main. Je la saisis, nous restâmes là un long moment, sans dire un mot.

*

Peu de temps après, je frappai, un matin, à la porte de ma mère, j'avais un document à lui faire signer. Pas de réponse, je frappai à nouveau. Toujours rien. Je poussai la porte de sa chambre. Le lit n'était pas défait. Je m'aventurai ensuite dans les appartements de Maurice. Personne.

Il était dans sa salle de bains, en train de se raser. Le blaireau plein de mousse balayait son visage, il ne tourna pas la tête vers moi :

« Où est-ce qu'elle est ?

— Ta mère est partie, me répondit-il en faisant crisser la lame acérée sur sa barbe de la veille.

— Non, mais elle est où ? » demandai-je à nouveau avec une boule au ventre qui grandissait au fil des secondes.

C'est là qu'il se détourna finalement de son miroir pour me dire, en me regardant droit dans les yeux :

« Ta mère est partie, elle ne reviendra pas. »

Pour la première fois, je vis que ses yeux étaient humides, puis il enchaîna :

« Elle a laissé un mot pour toi, il est sur mon lit. »

J'avançai à pas lents, tel un condamné à mort dont la grâce a été rejetée, j'ouvris l'enveloppe, les yeux déjà remplis de larmes.

Ma chérie, je quitte la maison.
Tu es grande maintenant. Je te demande un peu de temps avant de te revoir.
C'est moi qui te contacterai.
Je t'embrasse.

C'était tout. Pas une ligne de plus, rien. La fuite. Elle n'avait trouvé que ça. Elle avait dû préparer son départ depuis un bon moment.

Mes larmes coulaient sur le couvre-lit en soie pourpre de Maurice, qui refit enfin son apparition.

« Ne lui en veux pas, c'est aussi ma faute, et puis, ajouta-t-il d'un air faussement enjoué, toi et moi, nous allons faire connaissance, je suis certain qu'on est faits pour vivre ensemble. »

Et il redisparut. C'était bien lui, ça, du Maurice dans toute sa splendeur, ne dévoilant rien, surmontant tous les obstacles par des pirouettes.

Je restai un long moment seule à tenter de faire le point, pour retrouver mes esprits, mais le chagrin, devant son départ et ces quelques mots jetés sur un bout de papier, me déchirait, c'était comme si une bête féroce m'avait dévoré les entrailles.

Premier réflexe, je me précipitai sur le téléphone pour appeler Serge. Je savais que je transgressais une interdiction, mais je m'en fichais, il fallait que je lui parle. C'est lui qui décrocha.

« Elle est partie, réussis-je à lui dire entre deux sanglots.

— Venez à 13 heures, je vous attendrai, nous serons seuls. »

*

Je me souviendrai de ce jeudi jusqu'à la fin de mes jours. Une phrase que Serge a prononcée ce jour-là m'a laissée épinglée au mur.

Il m'a accueillie, la tête enfoncée dans les épaules, il grommelait des bribes de mots incompréhensibles, avec un air chafouin. J'ai fini par entendre un vague « Asseyez-vous ». Puis, après de longues secondes à nous regarder dans les yeux comme pour récapituler les épisodes précédents, sa phrase a fini par tomber, telle une bille de plomb, me prenant complètement à rebours :

« Nous allons faire le deuil de votre mère ensemble. »

Il me fallait trouver le sens profond de cette assertion au milieu du chaos.

Nul doute que le geste de rupture brutale de ma mère était absurde. D'autant plus quand on savait pour qui elle nous avait tous quittés, Serge, bien sûr, en première ligne, mais aussi Maurice, nous, les enfants, et toute la famille…

Faire le deuil, qu'est-ce que cela signifiait, dans l'esprit de Serge ?

Je me suis lancée :

« Que vous l'ayez aimée à en perdre la raison, je n'en doutais pas, mais de là à me demander de la considérer morte sous prétexte qu'elle vous quitte, c'est appeler à une forme de solidarité un peu spéciale, non ? »

Il a pris un air offusqué, tâchant de se justifier. « Faire le deuil de votre mère ensemble » ressemblait à une réplique de pièce de théâtre, pas à une réponse dans la réalité. Et pourtant, elle exprimait notre peine, celle que nous partagions au cours de nos séances. N'était-ce pas de ces dernières dont nous allions devoir faire le deuil ? C'était le message infiniment triste que faisait passer sa phrase.

« Au nom de quoi est-ce que je devrais renoncer à vous voir toutes les semaines, alors que c'est, pour moi, un besoin vital ? Ne voyez-vous pas ce que je ressens ? Cela voudrait dire que tout est faux depuis le début, et je ne comprends pas quel but vous avez poursuivi tous les deux en me faisant jouer ce rôle.

— Mais enfin ! C'est vous qui essayez de me toucher, je veux dire, de m'émouvoir, et vous savez très bien que vous y parvenez sans avoir recours à toutes vos armes.

— Vous voulez dire toutes mes larmes. Vous, je ne vous ai jamais vu pleurer, vous n'avez pas le temps, vous avez déjà toute la misère du monde sur le dos. »

Serge, je le devinais, s'était résigné face au départ précipité de ma mère. Quelles conséquences, après tout ? Il était dans une impasse personnelle avec sa femme et ses filles, et mes séances, avec l'âge, auraient de moins en moins de sens. Si j'étais victime d'un chagrin d'amour, il y avait suffisamment de professionnels au kilomètre carré pour s'occuper de ce genre de problème, assez banal.

Il était clair qu'il souhaitait tourner la page de ce qui avait été une belle histoire, avec une fin tragicomique.

Je m'étais souvent dit que le casting de cette présumée *love story* était parfait sur le papier, mais complètement bancal dans la réalité. N'en étais-je pas la seule réalité tangible ? N'était-ce pas de moi qu'ils avaient aussi fait leur deuil ? Le personnage de la fille cachée n'était-il pas devenu dérisoire, condamné à rester dans l'ombre ? Pourtant, lui, je l'aimais toujours.

« Et c'est quoi, votre plan, pour faire notre deuil ensemble ?

— En vérité, je n'en ai pas. C'était pour dire qu'il faut mettre un point final à cette histoire avec elle. »

J'ai senti monter en moi un vent de révolte.

« Je ne vous reconnais pas, quand je vous entends dire des choses aussi dures. Vous essayez de vous protéger derrière votre cuirasse de psy ?

— Il est clair que je ne pourrai pas la voir avec ce type. Vous vous doutez de ce que j'en pense.

— Vous voulez arrêter nos séances à cause de ça ? Je vous préviens qu'il vous faudra trouver un autre prétexte, comme, par exemple, que je suis votre fille cachée et que ce serait indécent de continuer à nous voir comme si de rien n'était.

— Vous avez peut-être raison, il y a encore bien des choses dont j'aurais aimé vous parler, mais l'ambiance ne s'y prête pas. Nous verrons ça à la prochaine séance.

— Pourquoi a-t-elle eu besoin de partir maintenant, selon vous ? Pour nous obliger à faire son deuil, justement ?

— Non, ça, ça m'était réservé. À mon avis, si votre mère n'a pas eu d'autre choix que de partir, c'est à cause de vous. »

Je suis restée bouche bée.

« Nous en avons déjà parlé. Maurice, c'est Maurice. Votre sœur est mariée, Louis mène sa vie d'homme, et vous ? Vous allez bientôt partir, et ça, elle ne peut pas le supporter. Elle n'en a pas la force. Je pense que vous n'avez jamais compris à quel point elle vous aimait. »

*

J'avoue ne pas croire, encore maintenant, à l'explication fournie par Serge. Si ma mère, après vingt ans de vie amoureuse, trente ans de vie conjugale, a soudain décidé de claquer la porte et de quitter les deux hommes de sa vie, je ne vois pas comment je pourrais en être tenue responsable.

Qu'elle ait préféré fuir que d'assister à mon départ de la maison me semble être de la pure fiction. Pourquoi chercher des explications compliquées à des choses simples ? Elle est partie avec cet homme qui, peut-être, ne lui allait pas, parce que, tout bêtement, elle était heureuse avec lui, qu'il lui apportait ce qu'elle attendait de la vie.

Elle s'autorisait ainsi, sans doute pour la première fois, à se laisser aller à l'égoïsme le plus radical et à faire passer sa petite existence avant celles, considérables, de tous les autres.

J'ai finalement décidé de suivre son exemple et de me considérer comme le premier de mes soucis. Quelle était la principale question qui se posait à moi ? Ce n'était pas de savoir quel métier j'allais exercer, je travaillais depuis mes 15 ans, qui était celui que j'allais épouser, serais-je obligée de faire des enfants ? Non, la principale question dont découleraient les réponses à toutes les autres questions existentielles était : Qui est mon père ?

La réponse était rendue complexe par ce parti pris farouche que j'avais adopté et que je refusais d'abandonner pour ne pas céder à la facilité, à l'illusion que la vérité aide à guérir. En définitive, si j'ai entrepris de remettre en cause ma raison d'être, celle de garder mes deux pères, de faire la chasse à tout ce qui pouvait éliminer l'un d'eux, c'est parce que ma mère a déclenché ce séisme amoureux et familial.

Personne n'aurait pu s'attendre à ce qu'elle quitte tout le monde pour un type mal dégrossi, une caricature d'artiste dont l'œuvre consistait à peindre des déserts en bleu. Il s'agissait d'une activité très coûteuse aux effets particulièrement éphémères, et délétères pour l'environnement.

Si perdre ma mère avait aussi pour conséquence de mettre fin aux années de psychanalyse que j'avais menées avec Serge depuis ma plus tendre enfance, c'était insupportable et injuste.

Je m'étais habituée à l'idée, même abstraite, que Serge pourrait être mon « vrai » père, ce qui évidemment conférait un poids particulier à nos rencontres hebdomadaires. Parler avec un père, surtout de cette génération, c'est déjà compliqué, ça dépend beaucoup de sa disponibilité et de son caractère. Parler avec deux pères, quand on sait que l'un d'eux est le vrai, c'est encore beaucoup plus compliqué. Mais parler avec deux pères dont on a soi-même décidé de ne pas savoir qui est le vrai, ça, c'est franchement acrobatique.

En même temps, le départ surprise de ma mère injectait un bloc de réalité dans ce qui aurait pu rester un mirage jusqu'à la fin de nos jours. Pour ma part, je restais accrochée à la seule chose tangible à mes yeux, celle de mes séances avec Serge. Mais lui, au fond, y était-il vraiment attaché ? Ce qu'il venait de me dire semblait aller en sens inverse.

Peut-être que c'était lui qui supportait mal l'idée de me voir m'éloigner, et non ma mère, comme il le prétendait.

*

Il n'y avait pas un bruit. L'appartement était désert. Je repensais à cette phrase insensée que Serge avait prononcée lors de notre rendez-vous de la veille. Faire le deuil de ma mère avec lui. Je sentais bien que même nos jeudis ne me suffiraient pas à vider l'océan de tristesse qui m'avait engloutie.

Maurice était sorti, comme tous les soirs. Pour la première fois, cet endroit prenait les allures d'un cimetière abandonné. Tout était plongé dans la pénombre. Je traversai la chambre de Louis et celle de Bettina. Ces deux pièces vides ressemblaient à ce qui reste après une scène de crime. L'assassin, le responsable de leur absence, avait tout nettoyé. Plus la moindre trace de leur présence, jamais je ne pourrais les retrouver.

J'empruntai le long couloir qui menait aux appartements de mes parents. Je pénétrai dans le dressing de ma mère, vaste pièce où elle rangeait ses sacs et ses vêtements. Une partie avait été emportée, mais la majorité de ses affaires étaient encore là. Je caressai l'étoffe de ses robes, une à une. Son parfum y était imprégné comme si seule son odeur m'était restée.

Tous ces trésors désincarnés étaient autant de lambeaux de ce qui demeurait de notre amour passé. J'enfilai ses chaussures, toujours les mêmes, de toutes les couleurs. Bout carré, petits talons carrés et, sur le devant, une boucle argentée, carrée elle aussi. Je me regardai dans le miroir, elles ne m'allaient pas du tout.

J'ouvris ses tiroirs. Il y avait des bracelets, des boucles d'oreilles. C'était une sorte de caverne magique. Bientôt tout s'envolerait. Je restai un long moment à faire mes adieux à mon enfance, à nos souvenirs, à notre relation qui, je le savais, ne serait plus jamais la même.

Dans sa chambre, seul son fantôme me tiendrait compagnie. Je m'allongeai sur son lit, et je pleurai en silence. Sur sa table de nuit, les trois petits animaux de jade me consolaient : « Ne pleure pas, tu es libre, désormais. » Je les attrapai tous les trois, pris une feuille de papier posé sur son bureau et j'écrivis :

Ils sont à moi, c'est eux qui m'ont choisie.

Je déposai ce mot sur sa table de nuit, puis je filai dans ma chambre installer mes trois amis dans leur nouvelle demeure.

*

Plusieurs semaines ont passé, sans la moindre nouvelle de ma mère. Chacun avait, sur son départ brutal, des opinions divergentes.

Je restais indifférente aux commentaires des uns et des autres. Je croisais mon père qui n'avait pas de point de vue arrêté sur le sujet. Mes journées étaient surtout occupées par le travail. Je dormais peu, fuyant les cauchemars qui m'assaillaient dès que j'avais le malheur de m'endormir.

Personne n'avait l'air de considérer que mon chagrin eût beaucoup d'importance, seule une amie, très proche de ma mère, m'avait appelée. Elle faisait partie de sa garde rapprochée, et je crois qu'elle était celle qui en savait le plus sur le couple clandestin.

Elle s'appelait Micheline. Rhumatologue célèbre, elle avait eu deux hommes importants dans sa vie : un grand poète, peintre et écrivain français qui a marqué son temps par ses visions fulgurantes, et un psychiatre de haut vol, par l'intermédiaire de qui, je suppose, elle avait rencontré Serge.

J'aimais beaucoup cette femme. Elle était petite, les traits du visage droits ; la beauté de ses cheveux de geai et sa voix si douce faisaient d'elle une femme particulièrement envoûtante.

« Passe me voir à mon cabinet. J'imagine que ça ne va pas trop, en ce moment. »

Je suis donc venue dès le lendemain. À peine m'étais-je assise dans son bureau qu'elle m'a assaillie de questions sur ce que je ressentais. Je lui ai tout raconté : mon chagrin, mon incompréhension surtout.

« Tu en as parlé avec Serge ? » m'a-t-elle soudain demandé.

La franchise de sa question m'a prise au dépourvu. C'était comme si, pour la première fois, nos deux noms étaient officiellement associés, alors que j'aurais aimé que personne ne connaisse notre lien. C'était qu'il soit caché qui en faisait la beauté.

« Pourquoi me parles-tu de Serge ? «

Les mots sont sortis de sa bouche comme par magie, comme si une petite clef en or, accrochée à ses lèvres, leur avait offert la liberté de s'envoler.

« Je sais, me dit-elle, en me regardant avec une douceur infinie. Enfin, je ne sais rien d'autre que tu ne saches. Et pas plus que ta mère ou Serge, mais je connais leur histoire de façon intime, et je devine aussi les questions qui te hantent. J'en ai parlé avec ta mère. Et avec Serge, évidemment. Je le connais depuis longtemps. »

Après, j'ai eu droit à son discours sur la solitude de ma mère, sa santé, son histoire impossible avec Serge, qui n'était jamais disponible. Elle m'a aussi raconté la relation entre Serge et son épouse, une femme à la jalousie dévorante, sa haine à l'encontre de ma mère et son animosité à mon égard, comme si j'étais la principale coupable de cette histoire d'amour.

Micheline me donnait, par son récit, une forme de légitimité secrète, celle dont j'avais eu besoin, même si je ne savais plus très bien où j'en étais. Elle m'a confié que Serge se sentait coupable de la situation, et que le départ de ma mère l'avait profondément attristé.

« Tu vois, tu n'es pas seule. Je suis là, tu peux m'appeler n'importe quand. »

Elle s'est levée, puis m'a prise dans ses bras en murmurant :

« La vie et l'amour sont indissociables. N'arrête surtout pas de voir Serge, et si tu rencontres le moindre problème, tu me préviens. »

J'ai pleuré doucement sur son épaule. Elle a passé sa main sur mon visage pour sécher les larmes qui coulaient.

*

J'avais envie de punir la terre entière, pourtant, j'avais enfin eu ma mère au téléphone ; la conversation avait été rapide. « Avant de te voir, m'avait-elle dit, et que nous passions du temps ensemble pour que je puisse tout t'expliquer, j'attends d'être installée dans mon nouvel appartement » dont, au passage, elle m'avait donné l'adresse. Comme par hasard, c'était à cinq minutes à pieds de chez Maurice.

Elle n'avait pas été jusqu'à me demander comment j'allais : elle connaissait la réponse.

Bien que je lui en veuille à lui aussi, je décidai de me rendre tout de même à mon rendez-vous avec Serge. Montait en moi le désir de leur faire mal, à tous. Ma souffrance était sourde, aussi lancinante qu'un acouphène, un essaim de guêpes circulait dans mon cerveau.

À 16 heures, il m'ouvrit. Tout de suite, je constatai qu'il avait un bleu sur le front. Son nez, aussi, avait été égratigné dans ce qui s'apparentait à une chute ou une bagarre. En m'asseyant en face de lui, je remarquai qu'il avait une griffure sur le haut de la main droite.

« Vous ne fumez plus ? »

Je venais juste de m'en rendre compte.

« Non, j'ai arrêté depuis un moment déjà. »

Le timbre de sa voix était plus bas depuis quelque temps et, souvent, il sortait de sa poche un grand mouchoir en tissu pour s'essuyer les lèvres.

Je tournai la tête, les pipes étaient toujours exposées là, splendides sur leur tourniquet. Il était mon commissaire Maigret des âmes.

« Pourriez-vous m'en donner une ? »

Oser formuler cette demande m'avait surprise, d'autant plus que demander quelque chose, pour moi, relevait de l'impossible.

Il se leva de son fauteuil, prit le temps de les regarder, et me tendit la pipe dont il se servait habituellement durant nos séances. Le foyer était fabriqué dans un bois marron foncé et la tige était de couleur noire.

« Merci, merci, professeur, cela me touche profondément, jamais je ne m'en séparerai. Je me ferai enterrer avec. »

J'avais ri en disant ça, mais je ne pouvais continuer à faire semblant de ne pas avoir remarqué ses contusions. J'enchaînai :

« Pourquoi avez-vous ces marques sur le visage et la main ? Vous avez été agressé ?

— Et vous, comment allez-vous ? »

Je connaissais par cœur, depuis toutes ces années, cette façon d'esquiver. Je ne lui laissai donc aucun répit, et abordai ma visite chez Micheline, sa douceur à mon égard, son écoute.

« J'ai toujours apprécié Micheline, et en même temps, je me suis toujours tenue sur mes gardes. Elle est la personne la plus proche de ma mère, et sa principale confidente. »

J'en profitai pour retourner à l'abordage de Serge.

« Mais je ne savais pas qu'elle était aussi une amie à vous. Elle a l'air de savoir plein de choses sur votre femme, sur votre histoire d'amour avec ma mère…

— En effet, en effet.

— Mais vous continuez de me parler par ellipses. "En effet" quoi ? »

Il m'expliqua qu'il avait effectivement rencontré Micheline grâce à son mari, et qu'elles se connaissaient bien, avec son épouse, même si la première restait l'une des meilleures amies de Lili. En matière d'amitié, il n'est pas interdit d'appartenir à deux camps adverses. Cela ne veut pas forcément dire qu'on se conduit comme un traître, même si cela n'est pas non plus très clair, mais rien ne l'était jamais entre mes parents et leurs amants, leurs amis.

J'en profitai pour lui relater le bref échange que ma mère et moi avions eu au téléphone.

« Et vous, est-ce que vous l'avez revue ? » lui demandai-je.

Il me répondit sur un ton ferme que ça ne me regardait pas.

« Ah bon ! Ça ne me regarde pas ? Mais vous êtes tous fous, et moi, je suis quoi ? Je suis censée vous livrer mes secrets, vous laisser fouiller dans mon inconscient, et vous, en revanche, vous ne me répondez que quand ça vous chante ? Je suis là, à valdinguer comme une boule de billard, à essayer de comprendre vos mensonges, vos trafics, vos micmacs ! »

Pour la première fois de ma vie, j'étais dans une colère extrême. Jamais, depuis l'enfance, je ne m'étais énervée. Pas un mot plus haut que l'autre, pas un caprice. Je ne pleurais que très rarement, et mon exaspération n'avait en aucun cas le droit de s'exprimer.

J'étais stupéfaite de ce déferlement inopiné.

« Pardon, lui dis-je en larmes, je vous demande pardon. Vous êtes ma première colère, comme on dirait : “Vous êtes mon premier amour”. Pourquoi est-ce que c’est sur vous que ça tombe ? En plus, je sais ou plutôt je sens que vous n’allez pas bien. Je le sens de façon viscérale, je suis reliée à vous, j’ai tellement voyagé en votre compagnie, vous et moi immobiles sur nos deux fauteuils. Ensemble, nous avons fait le tour du monde. Je vous aime, professeur, ne l’oubliez jamais. »

Le silence avait pris possession de la pièce. J’ai cru un instant qu’il s’était endormi. Ses yeux étaient clos. Je le contemplai, je scrutai chacun de ses traits, les sillons sur sa peau, les chemins qu’ils dessinaient, son front immense qui semblait connaître les mystères de la création. Je n’osai bouger de peur de le réveiller.

Au bout de quelques minutes, il rouvrit enfin les yeux. Je serrai la pipe entre mes doigts, puis je la pinçai entre mes lèvres, pour l’imiter.

« Vous dormez ? Est-ce pour échapper à mes questions ? »

Il eut un large sourire.

« J'ai adoré votre colère. Cela vous va bien. Ça prouve aussi que nous avançons. »

Puis il se releva lentement, pour me signifier que notre rendez-vous était terminé. Arrivée à la porte, je pris sa main furtivement, et je déposai un baiser à l'endroit de sa blessure.

*

Au début des investigations sur mes origines, j'étais persuadée que tout le monde savait. Tout le monde, sauf moi. Mais plus j'avançais dans ce qui ressemblait à une enquête, plus je découvrais que les autres n'en savaient pas davantage.

Qu'il s'agisse de ma mère, de Serge ou de Maurice, ils n'en avaient rien à faire. Ce n'était pas, comme pour moi, le résultat d'une impérieuse nécessité de ne pas savoir, qui m'avait semblé la seule manière de ne pas rompre notre équilibre fragile. Non, chez eux, ce désintérêt allait de soi, il était naturel.

Ça leur était égal, parce qu'au fond, ça ne changeait rien. Il suffisait d'avoir assez de sagesse et de bon sens pour vivre tranquillement dans l'ignorance. Oui, mais ce n'est jamais aussi simple, à la fin, il y en a toujours un qui craque et tout se retrouve par terre. C'est ma mère qui avait plongé la première, en envoyant tout valser, et aucun de « ses » deux hommes ne voudrait maintenant savoir la vérité. Disons que cela ne les concernait plus tant que ça.

Seule, peut-être, cette chère Micheline, le dernier témoin, pourrait, par la magie de sa relation privilégiée avec ma mère, être en mesure de lâcher quelques indiscrétions. Le problème, c'est que son attachement pour ma mère était trop fort, et Micheline semblait prête à donner sa vie pour garder ce secret rien que pour elle.

Les choses évoluaient malgré tout. Ma mère m'avait enfin invitée à prendre un verre. Après avoir fait le code, je pénétrai dans la cour de l'immeuble où se poursuivait sa nouvelle vie. Ce nid d'amour, ou plutôt cette grande volière, était située au troisième étage.

Je ne crois pas spécialement aux signes, mais je ne pus m'empêcher de penser que mes trois têtes d'affiche habitaient au troisième étage. Cette trinité divine symbolise, en numérologie, l'union du corps, de l'esprit et de l'âme. Tout un programme, me dis-je en sonnant à la porte.

Eh oui, pas de double des clefs. Ma mère rejoignait le cercle très fermé des gens avec qui je devais prendre rendez-vous. En ouvrant, elle essaya de me faire son sourire le plus doux.

« Ma chérie, je suis si heureuse de te voir. »

Je ne répondis rien, et je la suivis dans un vaste salon. La première impression qui me vint, c'est qu'elle donnait le sentiment de vivre là depuis des années. Sur la table basse, il y avait un plateau, de l'eau et du Coca.

Hésitant à faire comme chez moi, j'attrapai tout de même une petite bouteille pour essayer de faire disparaître ce nœud à la gorge qui m'empêchait de respirer. Je reconnus certains objets, d'autres étaient des nouveaux venus.

Sans desserrer les dents un seul instant, j'eus droit à un long chapitre sur la culpabilité qu'elle ressentait, sur sa santé, sur cette rencontre miraculeuse qui lui avait redonné une partie de sa jeunesse. Avec son protégé, elle se sentait revivre.

« Et toi ? » me dit-elle, parle-moi.

J'avais envie de pleurer, mais je ne voulais rien montrer.

« Si tu veux entendre que tout le monde est bouleversé, je peux te le dire. »

Pas question de rentrer dans les détails, je lui parlai rapidement de mon travail qui se passait bien, de ma cohabitation avec Maurice, mais j'insistai surtout sur l'état de Serge que je trouvais très fatigué.

Je n'avais qu'une idée, quitter cet endroit avant que le génie des Carpates ne surgisse. Je n'en eus pas le temps, ma mère me proposa de faire un tour de l'appartement. C'était grand, mais surtout, je constatai que les pièces les plus agréables de ce territoire inconnu avaient été annexées par son compagnon de fraîche date. Une nouvelle fois, elle s'éclipsait derrière l'homme qui partageait sa vie.

Pourquoi cette manie de ne garder pour elle que la portion congrue ? Elle s'effaçait comme sous l'effet d'une gomme, pour mieux magnifier l'être aimé. Elle donnait tout, et, en retour, ne recevait que des miettes.

Je compris à cet instant qu'elle aussi avait cette peur viscérale d'être abandonnée, et qu'elle m'avait transmis cette terreur. Ma peur et la sienne ne formaient qu'un seul bloc, la névrose familiale se répétait.

À l'âge de 4 ans, elle avait perdu son père génétique, mort dans un accident de train. Peu de temps après, Alix, ma grand-mère, s'était remariée avec un cousin issu de germains. Ce dernier l'avait élevée avec amour, mais ne lui avait pas donné son nom.

Ainsi, elle était, elle aussi, la fille de deux hommes. L'un dont il ne lui restait aucun souvenir, et l'autre qui, ne la reconnaissant pas, la laissait doublement orpheline. J'ai toujours trouvé l'histoire de mes deux pères plutôt distrayante, tandis que celle de ma mère me semblait très triste. Mais les deux impliquaient un simulacre de père.

Au moment où j'allais enfin partir, elle me donna un papier avec son numéro de téléphone. Je le pliai et le glissai dans mon porte-monnaie.

En traversant la cour dans l'autre sens, je ne pus m'empêcher de penser que cette lignée de femmes m'avait transmis des valises bien lourdes à porter – je ne savais même pas encore à quel point.

*

La seule solution pour me protéger un peu de ce chamboule-tout était de plonger dans le travail. Grâce à lui, je vivais des expériences extrêmement fortes pour une jeune femme. J'avais la chance de pouvoir m'enivrer par les mots. Le théâtre, qui me passionnait depuis mon plus jeune âge, était devenu une réalité quotidienne, et ça marchait.

Je répétais une pièce de théâtre au Châtelet, mais, là encore, les membres de ma famille étaient aux abonnés absents. Chacun poursuivait son chemin sans que nos routes se croisent, ou très rarement.

Ce n'était pourtant pas facile. Le départ de ma mère, la santé de Serge… Tout se consumait, tout brûlait, mais cette fois, c'est moi qui avais pris feu.

Cela faisait déjà plusieurs mois que j'assistais, impuissante, à ce naufrage au ralenti. Quelques semaines s'étaient écoulées depuis mon dernier rendez-vous avec Serge, j'allais le retrouver le jeudi suivant, et cette idée me procurait un sentiment d'anxiété difficile à maîtriser.

J'avais essayé de le joindre sans succès sur sa ligne direct. Elle sonnait dans le vide. Je tentais de me raisonner en me disant qu'il était débordé.

Comme souvent, j'arrivai en avance. À 16 heures pile, une dame m'ouvrit. Elle portait une robe rayée grise et blanche, avec un petit tablier fermé à l'arrière par un nœud. Elle me demanda de la suivre et me conduisit directement dans le bureau de Serge. Il était déjà assis dans son fauteuil. Je retrouvai ma place en face de lui.

« Je suis heureux de vous voir », me dit-il.

Son timbre de voix était devenu plus rauque. Son front était recouvert de petites plaies.

« Et moi, peut-être plus heureuse encore de vous retrouver. Vous m'avez terriblement manqué. »

Je lui racontai que j'avais essayé de le joindre à de nombreuses reprises, et que son silence m'angoissait. Il me répondit en souriant, comme s'il avait lu dans mes pensées, qu'un thérapeute ne doit jamais donner de ses nouvelles à l'un de ses patients. Que me signifiait-il par cette phrase ? Qu'il ne voulait pas que je lui pose de questions sur sa santé ? Il faut reconnaître que tout au long de ces années passées à me voir, jamais il n'avait émis de signe, c'est toujours moi qui agissais. La place qu'il occupait dans mon cerveau était telle que le fait qu'il ne se manifeste jamais me semblait naturel. Nous existions dans l'esprit l'un de l'autre.

« Pourquoi avez-vous des marques un peu partout, et pourquoi est-ce qu'il y a une canne posée à côté de votre fauteuil ?

— Je tombe parfois », me répondit-il avec la même inflexion dans la voix.

Le ton qu'il employait me signifiait qu'il fallait que j'arrête, sa partition m'ordonnait d'apposer un silence sur ce sujet. Je respectai sa volonté, et levai mon archer. Je lui parlai de la pièce qui avait débuté, du bonheur de retrouver chaque soir les planches de ce vaisseau fantôme qu'est un théâtre.

Puis j'évoquai ma mère que je voyais très peu. Elle était venue à la générale au Châtelet en compagnie de son « mec ». Je l'avais embrassée dans ma loge après la représentation, puis elle s'était échappée rapidement. Je n'arrivais pas à me faire à l'idée que tout avait volé en éclats.

En relevant la tête, je découvris que Serge s'était assoupi. Mon roc, mon pilier, une de mes deux colonnes vertébrales lâchait prise. Je restai ainsi un moment à le regarder dormir, ses lèvres étaient entrouvertes, il respirait doucement. Seul un léger tremblement de sa main gauche montrait un signe de veille.

Je me levai sans bruit, pour lui déposer un baiser sur le front. Je l'abandonnai là, à moins que ce ne soit lui qui m'ait abandonnée. Cela revenait au même, et j'aurais tout donné pour le retenir. Je me faufilai dans le couloir comme une voleuse, cette fois, mes jambes tremblaient tellement que je pris l'ascenseur.

*

Plusieurs années se sont écoulées ainsi, les tournées de théâtre m'ont permis de tenir, en restant éloignée de ces tourments familiaux. La relation avec ma mère n'a guère évolué, même la mort de Louis ne nous a pas réunies. Lili s'est enfoncée dans la maladie, comme dans son histoire d'amour toxique, et n'a quasiment plus quitté sa machine de dialyse, installée à demeure. Un matin, son cœur a lâché.

Même si je l'avais perdue depuis longtemps, sa mort a été un choc, c'est très dur de ne pas se réconcilier du vivant de ses proches. J'ai continué, le plus régulièrement possible, à honorer nos rendez-vous avec Serge, dont la santé déclinait inexorablement.

Je me suis mariée, j'ai changé de vie, puis j'ai commencé à envisager d'écrire… Je n'avais plus le temps de me libérer toutes les semaines, et Serge aussi décommandait souvent nos séances, trop épuisé pour me recevoir. Nous nous sommes battus le plus possible pour ne pas perdre le lien, même si je sentais que cela devenait de plus en plus difficile.

C'était presque plus douloureux pour moi d'imaginer le perdre que ça ne l'avait été de perdre ma mère, n'avions-nous pas déjà fait son deuil, lui et moi ? Un soir, en venant rendre visite à Maurice, j'ai ressenti une immense fatigue, et je suis allée me coucher dans ma chambre d'enfant.

Je n'ai pas eu la force de me déshabiller, et j'ai sombré dans un sommeil si profond que j'aurais pu ne jamais en revenir. Les heures ont passé. Au milieu de mes cauchemars, une image s'imposait, et je ne pouvais pas détourner les yeux, c'était celle du corps de Serge, allongé, les mains croisées sur la poitrine.

Il m'apparaissait sous les traits d'un gisant, et il n'y avait pas moyen, comme au cinéma, de se cacher derrière le dossier d'un fauteuil pour ne pas voir. Puis il s'est relevé et a prononcé cette phrase déjà venue me hanter, des années auparavant, au moment de la mort de mon frère : « Ne vois-tu pas que je brûle ? »

J'avais interrogé Serge au sujet de l'interprétation de ce rêve quand il m'avait aidée à surmonter la disparition de Louis, mais je ne pouvais pas lui en parler s'agissant de lui. Je devais me débrouiller, et entreprendre, autant que possible, une auto-analyse, à la manière de Freud.

Supposons que, dans notre inconscient, la vie, c'est chaud, alors que la mort, c'est froid. Quand Serge est entré dans mon rêve pour m'annoncer qu'il n'était pas mort, il a repris le terme « je brûle » pour me signifier qu'il était bien en vie. Cette phrase énigmatique opère une inversion totale entre la vie et la mort, le masculin et le féminin, le présent et le passé…

Si Serge n'était pas en train de mourir, il essayait tout de même de me prévenir qu'il était malade, il était vivant, mais avait de la fièvre, c'est pourquoi il brûlait. Quelque chose de plus grave encore lui faisait perdre son self-control, il tombait face contre le sol, d'où ses multiples blessures.

Perte d'équilibre, somnolence, difficultés d'élocution… S'agissait-il d'un trouble neurologique ? J'avais insisté pour qu'il me dise la vérité, mais il ne fallait pas que ça se sache, pour protéger son travail, ses patients, et j'avais promis de n'en rien dire à personne.

Il n'existait pas de traitement, à l'époque. On ne parvenait même pas à ralentir les effets de la dégénérescence. Est-ce que le sens de mon rêve était que Serge me prévenait ainsi que j'allais bientôt devenir orpheline de l'un de mes deux pères ?

En même temps, je percevais d'autres sens possibles au mot « brûler ». Par exemple, brûler de désir ou de passion. Avais-je le droit de briser de tels tabous dans mes rêves ? De sa théorie sur l'origine de l'hystérie qu'il faudrait chercher dans la maltraitance sexuelle des enfants, Freud a conservé une seule chose : le complexe d'Œdipe, concept qui m'a toujours paru un peu énorme. Tuer le père pour coucher avec la mère…

*

J'avais maintenant les yeux grands ouverts. Mon cœur, lui, semblait vouloir se décrocher, tant ses pulsations cognaient dans ma poitrine. Je suis sortie de ma chambre. Tout l'appartement était plongé dans le noir. J'avais l'impression que ce que je venais de vivre était réel.

J'essayai d'allumer la lumière, mais le couloir restait dans l'obscurité. J'avançai à tâtons. Je passai par la cuisine. Là encore, impossible d'éclairer quoi que ce soit. En traversant l'office, j'ouvris un tiroir pour tenter de trouver une bougie. Sous mes doigts, je sentais des tournevis, des outils de toutes sortes. Enfin, je tombai sur une lampe-torche.

Ce grand appartement, presque entièrement vidé de ses occupants, semblait interminable. Au bout d'un deuxième couloir, derrière une porte, le domaine de Maurice formait un monde en soi.

Son œil infaillible, tout au long de sa carrière, lui avait permis de se constituer un véritable musée. Il avait ainsi forgé, sans s'en rendre compte, mon regard sur l'art. Venant de lui, c'était un immense privilège.

De nouveau, un couloir et, à droite, au fond, sa chambre. Il l'avait fait refaire depuis le départ de ma mère. Désormais, elle avait pris la couleur du sang. Un lustre vénitien trônait au plafond, reflétant sur les toiles accrochées aux murs mille éclats de lumière.

J'ai entrouvert tout doucement sa porte. Il dormait paisiblement sur le dos, vêtu d'une robe de chambre de coton bleu. Seule une petite veilleuse restait allumée sur sa table de nuit. Je me suis approchée de son lit. Mes pieds nus sur la moquette ne faisaient pas le moindre bruit.

Là, j'ai pensé aux milliers de femmes qui étaient passées entre ses bras. Soudain, il a ouvert les yeux. Ma présence n'a pas semblé l'étonner.

« Tu as un problème, ma beauté ? m'a-t-il demandé sans bouger.

— J'ai fait un cauchemar atroce, ai-je répondu comme une enfant de 7 ans, à lui qui ne savait même pas dans quelle école nous étions inscrits autrefois.

— Tu vois, le plaid plié sur le fauteuil, prends-le et viens t'allonger. Tourne ta tête de l'autre côté, et enroule-toi près de moi », puis il s'est rendormi.

Avant de me laisser aller au sommeil à mon tour, je l'ai regardé s'assoupir, imperturbable, comme à son habitude. Maurice ne m'avait jamais dit qu'il m'aimait, mais je l'avais toujours senti de façon viscérale. J'écoutais son souffle lent et régulier, jamais sa présence ne m'avait semblé aussi rassurante.

Maurice m'avait appris à voir, et Serge, à écouter.

*

J'avais hâte de revoir Serge, et le jeudi suivant, je m'organisai pour me libérer. À 16 heures pétantes, comme à mon habitude, je sonnais à la porte. Pas de réponse.

J'attendis quelques minutes, puis sonnai à nouveau. Tout à coup, la porte s'ouvrit. Sa femme me faisait face. Son regard était un poignard prêt à m'égorger, ses cheveux blancs, remontés en chignon, sa robe austère parachevaient son allure hostile.

« Que voulez-vous ? » me demanda-t-elle d'une voix rude.

Je n'avais jamais rencontré une personne qui s'exprimât de façon si brutale et froide. Ces quelques mots, banals pourtant, me firent l'effet d'un revolver chargé qu'on aurait pointé sur ma poitrine.

« J'ai rendez-vous avec le professeur.

— Le professeur n'est pas visible », me répondit-elle, comme si, enfin, elle avait obtenu le droit de me faire débarrasser le plancher.

Il devait s'être passé quelque chose d'assez grave pour lui permettre de lâcher ainsi sa haine sur moi. Je restai là, désarmée. Un léger vertige s'était emparé de moi, suivi d'une puissante nausée.

Elle n'avait pas bougé, comme pour savourer, de façon cynique, le fait d'asseoir son pouvoir, de me regarder sombrer. Puis, la sentence tomba comme un couperet :

« Désormais, ce n'est plus la peine de venir, le professeur ne vous recevra plus. »

Mais avant que mon esprit ait le temps de se fracasser sur le sol, elle acheva son meurtre, s'offrant son moment de gloire ultime, sa victoire pleine et définitive :

« C'est fou ce que vous ressemblez à votre mère. »

Elle claqua la porte dans un fracas d'enfer. Les semelles de mes chaussures restèrent collées sur le seuil. Je ne pouvais plus faire un geste. Je restai là, interdite, statufiée devant cette porte que j'avais franchie des centaines de fois. Chassée comme du vulgaire gibier, un plomb dans l'aile.

Cela signifiait que plus jamais je ne pourrais le voir, lui parler. Impossible pour moi de m'y résoudre, je préférais m'effondrer sur moi-même, disparaître à jamais.

Je le perdais avant qu'il ne s'éteigne. Je devais faire le deuil de lui. Mais je n'avais jamais surmonté la perte d'un proche sans son aide.

Même si au fond de moi, je savais que j'allais tout tenter pour le revoir, fût-ce une dernière fois, mes chances d'y parvenir me semblaient de plus en plus dérisoires. Le mur de glace qui s'était dressé paraissait infranchissable. Assise sur les marches de l'escalier, je sanglotai comme une enfant inconsolable et infiniment seule.

C'était bien de ça qu'il s'agissait, au sens premier du terme, car de cette histoire qui prenait fin sans que ni l'un, ni l'autre ne l'aient décidé, il ne resterait qu'un secret, celui de notre lien qui, je le compris à cet instant, ne pouvait que rester caché. Pourtant, une minuscule flamme brillait toujours en moi, comme si je l'avais entendu me dire :

« Vous ne devrez jamais renoncer à me raconter votre dernier rêve. »

Dans la rue, je respirai l'air du printemps avant de m'engouffrer dans le métro.

*

J'avançais comme un automate. Mes pensées se heurtaient les unes aux autres. À qui me confier ? Serge m'avait interdit d'aller voir un autre analyste, et je ne pouvais pas déverser ma peine sur mes proches, ce n'était pas leur rôle. Où pouvais-je la déposer ? Comme je n'avais plus personne à qui confier mes maux, je les avalais telles des lames de rasoir.

Il n'existe pas d'endroit destiné à recevoir les non-dits et les mensonges. Un endroit semblable aux encombrants où, sur un simple coup de téléphone, un camion vient le lendemain matin vous débarrasser de vos déchets pour les déverser dans un terrain vague.

Quelques rues plus loin, je passai devant le cabinet de Micheline. J'ouvris machinalement la porte cochère. Il n'y avait pas de digicode. Je montai, puis sonnai à la porte où était fixée la plaque en cuivre sur laquelle était gravé son nom.

Une secrétaire me reçut.

« À quelle heure avez-vous rendez-vous avec le docteur ? me demanda-t-elle en consultant son carnet.

— Je n'ai pas rendez-vous, mais s'il vous plaît, dites-lui que je suis là, que j'ai absolument besoin de lui parler, même cinq minutes. »

Je déclinai mon identité. Au vu de ma mine défaite, du mascara qui avait coulé le long de mes joues, elle dut prendre au sérieux ma demande, car elle décrocha le combiné de son téléphone pour signaler à Micheline ma présence.

« Suivez-moi dans la salle d'attente, le docteur va vous recevoir, mais vous allez devoir patienter, il y a du monde. »

Au moins six personnes étaient installées sur des chaises. Je m'assis sur la seule qui restait vide. J'observai tous ces visages, ils étaient là parce que leur chair les faisait souffrir.

Micheline réparait, comme elle le pouvait, le corps de ses patients. Oui, mais moi, c'est à l'âme que j'avais mal. La double peine venait de s'abattre sur mes épaules.

Ma mère n'était plus là, et l'autre, la femme trompée, celle à qui on avait menti pendant toutes ces années, celle à qui on avait opposé des subterfuges pour, l'air innocent, partir parcourir le monde, avait certainement espéré de toutes ses forces qu'elle disparaisse. La famille de Serge avait subi les conséquences de cet amour, dont il ne restait que moi. J'étais la bête à sacrifier, celle que l'on offre au diable en signe d'allégeance.

*

Cela faisait plus d'une heure et demie que j'étais arrivée quand Micheline est venue me chercher. Elle m'a immédiatement prise dans ses bras, et mes larmes se sont mises à dévaler sur son chemisier en soie blanc cassé.

Elle m'a invitée à m'asseoir sur un petit canapé, puis elle a pris place à mes côtés. Ses mains ne lâchaient pas les miennes.

Je lui ai raconté la scène que je venais de vivre. Elle m'a alors expliqué, avec sa voix douce presque hypnotique, que je devais accepter la situation. Serge était très fatigué et, pour le moment, il se reposait. Sans non plus justifier l'attitude du cerbère, elle m'a conseillé de ne pas forcer la porte.

Il fallait essayer de comprendre la souffrance de Serge. Ma mère l'ayant quitté, et sa maladie ayant énormément progressé, il n'avait plus la force de décider par lui-même.

À sa façon de dire les choses, je devinai à quel point elle avait été au courant de tout. Sans doute confidente des trois en même temps, elle jouait à merveille sa partition. Elle a ajouté que Serge m'aimait, et que nos rendez-vous avaient été aussi importants pour lui que pour moi.

« Comment aurai-je de ses nouvelles ?

— Je t'en donnerai, c'est promis, et toi, tu le sais, tu peux m'appeler à n'importe quel moment. Je vois combien tu es triste. »

Elle m'a raccompagnée vers la sortie. Je l'ai remerciée, même si aucune de ses paroles ne m'avait apaisée.

Ils étaient tous des traîtres, avec leurs petits et leurs grands secrets, tous des as du mensonge et de la dissimulation, des joueurs de bonneteau à la sauvette. Où qu'elle est, où qu'elle est, sous quel gobelet se cache la vérité ? Misez, n'ayez pas peur, de toute façon, c'est gratuit. Vous ne saurez jamais rien.

*

Les jours et les semaines ont passé sans le moindre signe de Serge. À plusieurs reprises, j'ai essayé de le joindre sur sa ligne privée. Mes appels sonnaient dans le vide. J'étais une adulte désormais, ma vie était remplie et même épanouie, j'avais surmonté de nombreuses épreuves, j'étais plus forte que jamais, et pourtant, un sentiment de vide s'accrochait à mon cou et m'étranglait comme une corde de pendu.

L'absence de Serge, son silence absolu, le fait de ne pas pouvoir prendre de ses nouvelles, de ne pouvoir ni le voir, ni lui parler, me donnait l'impression d'être la victime d'un règlement de comptes entre ces deux femmes qui avaient été rivales durant plus de vingt ans.

Heureusement, mes déjeuners rituels avec Maurice étaient, eux, toujours là. J'avais de la chance d'avoir encore un père, même après avoir perdu l'autre.

Un jour, lorsque j'arrivai chez Maurice, une lettre m'attendait sur une console, dans l'entrée. Mon nom était écrit d'une main tremblante, presque illisible. Je reconnus malgré tout la graphie de Serge.

Pour ouvrir ce reliquaire, qui devait contenir quelque chose, des mots tus jusqu'alors, ou bien un code secret, je me mis à l'écart. Il me fallait le décrypter afin que notre lien perdure à travers ce jeu de piste. Un chemin des sortilèges.

Chaque phrase de Serge, chacun de nos échanges, avait été un petit caillou semé pour me permettre de retrouver ma route. De comprendre que les clefs étaient en moi. Qu'il ne faut jamais attendre des autres qu'ils réparent vos propres failles, vos faiblesses ou vos manques. Que jamais des mots d'amour ne sont une pharmacopée pour soulager vos douleurs.

Les conseils de Serge avaient opéré comme des mantras. Apprendre à se moquer du regard des autres. Ne pas chercher à être le premier. Ne jamais se persuader que quiconque vous appartient.

Il m'avait appris à être moi.

J'étais assise sur le sol de ma chambre de jeune fille, et je laissai mon regard planer autour de moi, comme pour gagner du temps avant d'ouvrir délicatement cette missive. Le décor avait encore changé. Des tableaux remplaçaient mes affiches d'écolière à la gloire de Molière ou de Beethoven.

Le cœur serré, je décachetai l'enveloppe en prenant soin de ne pas l'abîmer. À l'intérieur, il y avait une lettre sur papier à en-tête, avec son nom.

Je me trouvai devant un texte impossible à décrypter, tant les tremblements l'avaient empêché de former des mots correctement, d'assembler les lettres entre elles. Il avait écrit au stylo-plume. Par moments, de petites taches se formaient, pareilles à des hiéroglyphes, rendant l'ensemble du texte définitivement incompréhensible.

Qu'avait-il voulu me dire ? Pourquoi avoir attendu si longtemps pour m'envoyer ces pensées indéchiffrables ? Peut-être me priait-il de passer lui rendre visite, ou bien, pire encore, s'imaginait-il que je l'avais abandonné dans sa fin de vie ?

J'ai hurlé de toutes mes forces. Comme un animal pris au piège, j'ai hurlé pour de bon, pour expulser ma peine, mon impuissance, mon sentiment de culpabilité, celui de ne pas me sentir assez forte pour aller défoncer sa porte.

C'était horrible, de m'empêcher de le voir une dernière fois. Je n'étais pas responsable de son histoire d'amour avec ma mère, et puis, c'était du passé. Serge allait mourir, comment lui interdire de me dire au revoir avant son dernier voyage ? Qui profite de la vulnérabilité d'un homme pour obtenir sa revanche ? Même si sa femme avait authentiquement souffert pendant tout ce temps, devant l'imminence de la mort de son mari, n'aurait-elle pas dû enterrer la hache de guerre, respecter une trêve ?

J'étais révoltée. Était-ce là sa dernière leçon ? Apprendre à ne plus obéir, à oser crier sa rage, quitte à déranger l'ordre des choses ?

Avant de replier la lettre, en parcourant une dernière fois ce texte ressemblant à une encre de Michaux, je crus enfin deviner ce qui s'apparentait à une signature : *Votre bel ami.* J'essayai de relire. Il n'y avait aucun doute, il avait signé : *Votre bel ami.*

Était-ce ainsi que se refermait le chapitre de notre histoire ? Quoi de plus beau, de plus juste que cette formule ? Il serait à jamais mon bel ami, celui du jeudi, qu'aucun homme ne pourrait remplacer.

*

Contrainte de faire le deuil de celui qui ne pouvait être qu'éternel à mes yeux, de faire le deuil de nos séances, de nos échanges, amusants, vifs, profonds et parfois contradictoires, j'avais le genou à terre comme on se soumet à une reine cruelle. Je renonçai à tenter de le joindre.

Je ne rôderais plus autour de l'avenue du Président-Wilson et de la rue Casimir-Perrier, en espérant le voir sortir de chez lui. Le printemps avait laissé place à l'été. Un mois d'août lourd et étouffant. J'étais restée à Paris pour travailler.

Un matin, tandis que j'écoutais la radio d'une oreille distraite, une phrase sortie de la petite boîte grise m'a frappée au cœur.

Je me suis appuyée au dossier d'une chaise pour ne pas tomber, mais mes jambes ont cédé sous le choc. Sur le sol glacé, recroquevillée comme un fœtus, j'ai ré-entendu une voix anonyme m'annoncer la mort de Serge.

Quelques mots d'éloge funèbre ont suivi. Je sanglotais de chagrin et d'impuissance. J'ai pleuré le souvenir de son intelligence, de sa tendresse pour moi, j'ai pleuré son absence pour toujours, ses yeux plus profonds que l'univers, sa confiance, son calme, son écoute et sa force.

C'est la sonnerie du téléphone qui m'a forcée à me relever ; percluse de douleur, j'ai décroché, la voix pleine de sanglots. Micheline venait m'annoncer ce que je savais déjà.

De sa voix gracile, elle m'a parlé, longtemps. Elle m'a raconté la fin. Ses dernières semaines, ses ultimes jours. Sa mort représentait, d'après elle, une délivrance, il fallait que je le comprenne et que je l'accepte.

Elle m'a redit aussi qu'il m'avait beaucoup aimée, et que, souvent, il lui avait parlé de moi. Que le départ de ma mère l'avait profondément affecté, venant renforcer sa culpabilité de n'avoir pas pu se séparer de sa femme, celle qui lui avait sauvé la vie pendant la guerre.

J'écoutais avec gratitude. Ses paroles calmaient un peu ma souffrance, comme une piqûre de morphine vous anesthésie.

« Je te demande juste de me prévenir du jour et du lieu de ses obsèques. »

Elle m'a donné sa parole.

*

J'ai passé la journée alitée à écouter du Bach. Entre les crises de larmes, j'arrivais à m'assoupir un instant. Tard dans l'après-midi, il faisait encore jour, le téléphone a re-sonné. C'était à nouveau Micheline.

Sa façon de s'exprimer m'a fait comprendre qu'elle était mal à l'aise. Son ton avait changé depuis le matin. Elle a fini par me dire :

« Ta présence à l'enterrement n'est pas souhaitée. »

Je lui ai demandé de répéter ce qu'elle venait de dire. C'était donc vrai. J'étais interdite, la mauvaise graine ne viendrait pas déposer, aux yeux de tous, un petit caillou blanc sur la tombe de Serge.

En me punissant ainsi, à l'aveugle, sans aucune certitude sur le lien entre Serge et moi, sa femme se vengeait de ma mère. J'étais, légitime ou non, l'incarnation du mal. Le portrait « craché » de Lili. Un dommage collatéral. Voilà à quoi j'étais réduite, en ce jour funeste.

Le lendemain de la cérémonie, sous un soleil éclatant, je me suis rendue sur sa tombe fleurie. Il y avait dû y avoir du monde à ses obsèques, à en croire les bouquets qui recouvraient sa sépulture.

Tout, autour, était redevenu désert. Nous étions seuls pour ce dernier adieu. Agenouillée sur le tapis de verdure, j'ai déposé des roses blanches et un galet sur lequel j'ai écrit :

Votre patiente du jeudi.

Du même auteur, suite

Journal intime, Éditions Léo Scheer, 2007

Le Chemin des sortilèges, Éditions Léo Scheer, 2008

Claude, Éditions Léo Scheer, 2009

Car ceci est mon sang, Éditions Léo Scheer, 2010

Le Fantôme du fauteuil 32, Éditions Léo Scheer, 2011

Laisser les cendres s'envoler, Éditions Léo Scheer, 2012 ; J'ai Lu, 2013

Maladie d'amour, Éditions Léo Scheer, 2014

Le Père-Lachaise, jardin des ombres, Michel Lafon, 2014

Place Colette, Éditions Léo Scheer, 2015

La Mémoire des squares, Michel Lafon, 2016

Ma vie sans moi, roman, Éditions Léo Scheer, 2017

Les Reins et Les cœurs, Éditions Léo Scheer, 2019

Roman, Éditions Léo Scheer, 2020

Danger en rive, Éditions Léo Scheer, 2021

Au long des jours, Éditions Léo Scheer, 2023

Achevé d'imprimer en mai 2024
sur les presses de la Nouvelle Imprimerie Laballery
58500 Clamecy
Dépôt légal : septembre 2024
N° d'impression : 405159
Imprimé en France